I0445826

Die Puppenstube

Thriller von Moa Graven

Impressum
Die Puppenstube
Ein Fall für Profiler Jan Krömer - Band 08
Psychothriller aus Ostfriesland von Moa Graven
Alle Rechte am Werk liegen bei der Autorin
Erschienen im cri.ki-Verlag Leer (Ostfriesland)
September 2017
ISBN 978-3-946868-10-1
Umschlaggestaltung: Moa Graven

Zum Inhalt

Ein kleines Mädchen wird in der Nacht aus dem Haus seiner Eltern entführt, während diese schlafen. All das passiert Anfang der 1990er Jahre. Sie wird nie gefunden.

Über zwanzig Jahre später sitzt eine Frau apathisch auf einer Parkbank in Aurich. Sie sitzt einfach da, niemand kennt ihren Namen. Sie spricht nicht.

Doch Jan Krömer und Lisa Berthold ahnen, dass ihr etwas Schreckliches zugestoßen sein muss. Sie nehmen sie mit auf Jans Hof in Tannenhausen.

Dann wird eine Tote auf dem Friedhof in Moordorf gefunden, als Henrike Wiechers nach dem Grab ihrer Schwiegereltern sieht.

Gibt es einen Zusammenhang zwischen diesen Frauen?

Schließlich keimt der Verdacht, dass sie als Kinder entführt wurden und es bis heute keine Spur mehr von ihnen gab.

*Alles Grauen spielt sich
in Kinderzimmern ab.*

Andrea

Es wachte niemand über ihrem Schlaf, als die kleine Andrea aus ihrem Bettchen in Aurich gestohlen wurde. Dunkel war's und über der kleinen Siedlung hatte sich der dumpfe Schleier aus Träumen, undefinierbaren Geräuschen und dem Gefühl gelegt, dass es morgen alles noch einmal von vorne losging.

So ging es auch Andreas Vater, der in einem Zimmer mit feuchten Wänden neben seiner Frau namens Grete schlief. Oder nein, eigentlich schlief er nicht. Er hatte viel getrunken an diesem Abend. Bier und Schnaps waren in großen Mengen durch seine Kehle gerauscht, während Grete wie immer in ihrem Sessel mit den abgewetzten Lehnen saß, und einer Sendung ohne Inhalt folgte. Nur hin und wieder sah sie zu ihm herüber und machte ein verächtliches Gesicht. Das konnte sie gut und eigentlich beruhte ihre ganze Kommunikation nach über zwanzig Jahren Ehe nur noch darauf, sich vom Anblick des anderen mit Widerwillen abzuwenden.

Und wäre da nicht Andrea gewesen, ein unerwünschtes Kind nach so vielen Jahren, in denen es einfach nicht hatte klappen wollen, vielleicht ... ja vielleicht würden sie dann gar nicht mehr hier sitzen.

Daran dachte Ludwig, als er seinen Rausch an sich vorüberziehen ließ und hin und wieder ein Ohr an Gretes Kissen legte, um zu hören, wie sie atmete. Es ging nicht darum, dass es ihn interessierte. Er stellte sich dann immer vor, wie er das Kissen nahm, und es ihr ganz fest aufs Gesicht drückte.

Und unter diesen bösen Vorzeichen, die einem Kind wie Andrea keine schöne Kindheit würden ebnen können, darunter geschah das, was Eltern im Nachhinein als unfassbar grausam beschreiben würden.

Als Grete am nächsten Morgen als erstes gegen sieben Uhr aufstand und in das Kinderzimmer sah, da war Andrea fort.

Das alles war jetzt über fünfundzwanzig Jahre her und ereignete sich im November 1991. Andrea tauchte nie wieder in Aurich auf.

Dann, im Jahr 2017 kam die Geschichte an einem Tag im September wieder ins Rollen.

Jan und Lisa

Sie hatten schon noch eine Weile gebraucht, um sich an den Gedanken zu gewöhnen, dass Helif Number nicht mehr da war. Er hatte, auch wenn sein Besuch nur kurz gewesen war, einen nachhaltigen Eindruck auf sie bei ihnen hinterlassen. Oder man könnte auch sagen, er hielt ihnen immer noch einen Spiegel der Gesellschaft vor, in der sie lebten.

Bisher war es ihnen nie so bewusst gewesen, wie kalt, egoistisch und leer diese doch war. Natürlich wussten sie durch ihren Job, wozu die Menschen fähig waren. Dass sie zum Äußersten bereit waren. Dass ihnen ihre Mitmenschen egal waren, wenn es um den eigenen Vorteil ging.

»So, ich glaube, ich habe jetzt alles so weit gepackt«, sagte Lisa und setzte sich auf das Sofa, auf dem Chief in einer Ecke lag und schnarchte.

»Und du bist sicher, dass du das willst?«, fragte Jan.

Sie hatte ihn damit überrascht, wieder in ihre Wohnung zurückkehren zu wollen. Oder nein, sie hatte müssen gesagt. Jetzt, da Helif nicht mehr da sei, da fühle sie die Einsamkeit hier mit ihm auf dem Hof umso mehr. Das mache nichts Gutes mit ihr, hatte sie gemeint, und war dann angefangen, ihre Sachen zu packen.

»Doch, es ist besser so«, bekräftigte Lisa. Sie spürte, wie schwer es ihm fiel, sie gehen zu lassen. Doch sie wusste auch, dass er nach nur wenigen Tagen sehr wohl damit zurechtkäme. »Wir wussten doch beide, dass es nicht für immer sein kann«, versuchte sie ein Lächeln. »Und außerdem bleibt das Bett, das wir hier für mich gekauft haben, ja stehen. Oder?«

»Sicher«, meinte er und sah sie offen an. »Wir werden sicher noch viele Fälle gemeinsam lösen und dann wird es gut sein, dass du hier ein Bett hast.«

»Du wirst mir fehlen.« Lisa hatte sich dem Hund zugewandt und kraulte über seinen Nacken. Das Tier schob das rechte Augenlid hoch und blinzelte sie schlaftrunken an. Jan sah, dass Lisa ihr Gesicht weggedreht hatte, weil ihr Tränen über die Wangen liefen.

Er stand auf und ging zum Fenster. »Der Herbst kündigt sich schon an«, sagte er. »Die Blätter fallen von den Bäumen, weil sie ihren Job für dieses Jahr erledigt haben.«

Es brauchte noch einen Augenblick, es schniefte hinter ihm, doch dann stand Lisa neben ihm.

»He, du kannst mich immer anrufen, wenn du mal nicht allein sein möchtest«, sagte sie und legte ihre Hand auf seinen Arm.

»Hm ...«, machte Jan.

Dann half er ihr, die Sachen zum Wagen zu tragen.

Als Lisa weggefahren war, ging Jan wieder ins Haus, legte sich auf sein Bett und starrte an die Decke. Irgendwann fiel er in einen leichten Schlaf und wurde erst wieder vom Klingeln seines Handys geweckt.

»Jan hier«, sagte er nur, weil es eine Nummer aus der Dienststelle war.

»Es ist was Komisches passiert«, sagte der Kollege. »Das solltet ihr euch ansehen.«

»Komisches?«

»Ja, da ist eine Frau aufgegriffen worden. Sie spricht nicht.«

»Okay. Aber ...«.

»Ich weiß, das hört sich nicht nach einem Fall für euch an. Aber die Sache ist komisch. Deshalb dachte ich, ich rufe lieber an.«

»Gut. Ich werde gleich mit Lisa da sein«, sagte Jan, weil er vergessen hatte, dass sie gar nicht mehr hier war.

Als er aufgelegt hatte, wählte er ihre Nummer und sagte ihr, dass sie im Büro gebraucht würden. Sie versprach, auch gleich dort zu sein.

Die Frau, die man auf einer Bank in einem Park in Aurich aufgelesen hatte, wartete im Verhörraum.

»Warum ist sie dort?«, fragte Lisa. »Hat sie etwas verbrochen?«

Der Kollege, der Jan informiert hatte, zuckte mit den Schultern.

Lisa ging ins Büro, um auf Jan zu warten.

Kurz darauf ging die Tür auf.

»Und, hast du schon einen Überblick?«, fragte er, als er sie am Schreibtisch sah.«

»Nein. Aber ich muss mich schon ein wenig wundern. Da wird eine Frau gefunden und wir sollen sie verhören? Was soll das? Warum bringt man sie nicht einfach in ein Krankenhaus?«

»Hast du die Kollegen schon gefragt?«

»Die zucken nur mit den Schultern und meinen, dass es anders ist als sonst. Es soll sich nicht um eine der üblichen Schnapsleichen handeln.«

»Dann lass uns doch einfach zu ihr gehen«, schlug Jan vor. »Desto eher können wir wieder nach Hause.«

Lisa wusste nicht, ob er sie noch mit in das »nach Hause« einbezog. Auch für sie fühlte es sich komisch an, dass sie gleich nicht gemeinsam nach Tannenhausen fahren würden, um den Abend auf dem Sofa zu verbringen, Chief zu kraulen und einfach nur still zu sein.

Die Frau, die vor ihnen saß, wirkte abwesend. Sie starrte vor sich auf den Tisch, auf dem ihre schmalen Hände lagen und sich nicht rührten.

Sie trug einen dunkelblauen Puller beziehungsweise ein Sweatshirt, das schon völlig verwaschen wirkte. Sie war so mager, dass man meinte, ihre Knochen würden durch die Haut hindurchscheinen.

Lisa bekam einen Schreck, als sie die Frau sah, die eigentlich ungefähr in ihrem Alter sein musste, aber wie mindestens fünfzig aussah. Kaputt, blass und voller Gramfalten um die Augen. Die Augen waren dunkelbraun und wirkten wie große Einfallstore, in die, wenn man hineintrat, nie wieder herausfinden würde. Sie sah Lisa nicht an, sondern durch sie hindurch.

»Wir sind von der Polizei Aurich«, begann Lisa. »Sicher hat man Sie darüber informiert, dass wir mit Ihnen sprechen werden.«

Sie setzte sich mit Jan der Frau gegenüber, die weiter stur geradeaus sah.

»Was ist mit Ihnen geschehen? Warum saßen Sie draußen alleine auf einer Parkbank?«, versuchte Lisa es weiter, als die Frau nichts sagte.

»Sie wissen, dass wir Ihnen nur helfen wollen, oder?«, sagte Jan. Manchmal half es, wenn er mit den Opfern sprach, vor allem, wenn sie weiblich waren.

Doch wieder sagte die Frau nichts. Es schien sogar, als habe sie aufgehört zu atmen. Ihr Gesicht wirkte wie tot.

»Man wird Sie in ein Krankenhaus bringen und dort versorgen. Vielleicht ist es besser, wenn wir danach mit Ihnen sprechen«, meinte Lisa. Sie hatte keine Lust mehr, es noch weiter zu versuchen. Mit der Frau stimmte etwas nicht. Sie sah nicht aus wie eine Trinkerin, doch bestimmt war es ihr nicht gut gegangen, dort, wo sie bisher gewesen war.

Sie machte Jan ein Zeichen und sie verließen den Verhörraum.

Draußen informierte Lisa einen Kollegen, dass man die Frau ins nächste Krankenhaus bringen und nicht aus den Augen lassen sollte.

»Was denkst du, was mit ihr geschehen ist?«, fragte sie Jan, als sie im Büro waren.

Dieser zuckte mit den Schultern. »Ich weiß es nicht. Vielleicht hat sie in einer unglücklichen Ehe gelebt, wurde geschlagen und ist Hals über Kopf weggerannt.«

»Und warum sagt sie dann nichts?«

»Na, weil sie möglicherweise Angst hat, dass wir ihren Mann anrufen.«

»Hm, das könnte sein. Und doch sieht sie irgendwie nicht wie eine typische Frau aus, die den Wutausbrüchen ihres Mannes ausgeliefert war und von zuhause geflohen ist.«

»Ach nein? Wie müsste sie denn dann deiner Meinung nach aussehen?«

»Bist du etwas gereizt?«, fragte Lisa, weil er ziemlich schroff reagiert hatte.

Er sah sie nachdenklich an. »Nein, tut mir leid. War nicht so gemeint. Ich habe den Kopf mit so vielen anderen Sachen voll, dass ich die Sache gar nicht richtig beurteilen kann. Macht es dir etwas aus, wenn du das alleine regelst.«

»Und was machst du?«

»Ich gehe nach Hause.«

Er wartete keine Antwort mehr ab und ging zur Tür.

»Jan!«, rief Lisa ihm noch nach, doch er drehte sich nicht einmal mehr nach ihr um.

Konnte es wirklich sein, dass ihm ihr Auszug so derart an die Nieren ging?

Es ärgerte sie, dass er sie hier so sitzen ließ. Das machte ihr ein schlechtes Gewissen, das musste er doch auch ahnen. Doch nachrennen würde sie ihm jetzt nicht. Sie waren doch nur Freunde und sie war keine ehemalige

Lebenspartnerin, die ihn verlassen hatte. Tja, aber es konnte durchaus so sein, dass es sich für ihn so anfühlte, dachte sie, und fuhr ihren Rechner hoch, um sich abzulenken.

Im Krankenhaus

Die Frau, deren Namen man immer noch nicht kannte, war in ein Zimmer mit zwei Betten gebracht worden. Die andere Patientin war eine Frau in den Fünfzigern, der man die Krampfadern entfernt hatte.

Man hielt es unter den gegebenen Umständen für besser, dass die Frau nicht alleine war. Auch wenn man keine Anzeichen dafür gefunden hatte, dass sie sich etwas antun wollte, so war es auch nicht auszuschließen.

Bei der Untersuchung hatte der Arzt wie schon vermutet eine bedenkliche Unterernährung festgestellt. Außerdem hatte sie bereits einmal entbunden und Vernarbungen am Schließmuskel, was er mit Analverkehr in Verbindung brachte. Ihre Zähne waren gepflegt, doch fehlten ihr unten links vier Backenzähne, was nur damit zu erklären schien, dass man sie ihr gezogen hatte. Warum, blieb im Moment offen. Auf dem Rücken gab es Zeichen von Schlägen, vermutlich mit einem peitschenähnlichen Gegenstand oder auch einem sehr dünnen Zweig. Ihr Blick war zwar nicht abwesend, doch sah sie mehr oder weniger durch ihre Umwelt hindurch, reagierte nicht auf die direkte Ansprache, obwohl es keine Anzeichen von Drogenkonsum gab.

Als die Patientin, die er noch für ein oder zwei Tage zur Beobachtung dort behalten wollte, auf ihr Zimmer gebracht worden war, rief er bei Lisa an.

»Wir wissen ja noch gar nicht, ob es sich um einen Fall für uns handelt«, sagte Lisa. »Aber nach allem, was Sie sagen, ist sie wohl misshandelt worden.«

»Ja, das denke ich auch. Besonders merkwürdig finde ich die fehlenden Backenzähne. Einfach ausgefallen sind diese nicht.«

»Man hat ja schon einiges gehört, wenn Männer ihre Frauen misshandeln, aber Zähneziehen wäre neu.«

»Es muss sich ja nicht um den Ehemann handeln«, gab der Arzt zu bedenken.

»Wie lange ist es her, dass sie entbunden hat?«

»Das ist immer schwer zu sagen, wenn es nicht gerade jetzt passiert ist. Aber aufgrund ihres Alters vielleicht vor frühestens zehn Jahren, wenn wir von normalen Verhältnissen ausgehen.«

»Sie schätzen sie auf Anfang dreißig, oder?«

»Aufgrund des Allgemeinzustandes würde ich sagen, ja, obwohl man sie gut und gerne zehn Jahre älter schätzt, wenn man sie so sieht.«

»Das war auch mein Eindruck«, bestätigte Lisa. »Ich werde morgen früh noch einmal ins Krankenhaus kommen, wenn das für Sie in Ordnung ist. Vielleicht komme ich besser an sie ran, wenn sie sich ein wenig erholt hat und was Vernünftiges zu essen bekommen hat.«

»Das wäre möglich. Und jetzt muss ich mich verabschieden. Sie wissen ja, wo Sie mich erreichen können.«

»Danke«, sagte Lisa noch und legte auf.

Währenddessen hatte die Bettnachbarin es mit gutem Zureden, Keksen und Tratsch über das Dschungelcamp versucht, doch die Frau sprach einfach nicht.

Sie hatte sich auf die Seite gelegt, wandte ihr jetzt den Rücken zu und tat so, als ob sie schliefe.

Das blieb so den Rest des ganzen Tages.

Erst in der Nacht, da hörte sie plötzlich merkwürdige Geräusche aus dem Nachbarbett und schlug die Augen erschrocken auf.

Die stumme Frau wisperte und flüsterte etwas, das sie nicht verstehen konnte. Es wirkte unheimlich.

Sie nahm sich ihren Morgenmantel, schlüpfte in ihre Frotteelatschen und schlich um das Bett der Fremden herum.

Sie lag da wie tot, hatte die Hände gefaltet unter ihr Gesicht gelegt und nur ihr Mund war in kaum wahrnehmbaren Bewegungen Zeuge davon, dass sie noch lebte.

Sie griff beherzt an die Schulter der Schlafenden, um sie aus ihrem Albtraum zu wecken. Erschrocken wich sie zurück, als sie die spitzen Knochen in ihrer weichen Hand spürte. Die Frau in dem Bett reagierte nicht. Das Zischeln aus ihrem Mund ging einfach weiter, als wäre sie gar nicht hier.

Ratlos ging sie wieder zu ihrem Bett hinüber und verkroch sich unter ihrer Decke. Sie würde am nächsten Morgen darum bitten, in ein anderes Zimmer verlegt zu werden, nahm sie sich vor.

Sie tat in dieser Nacht kein Auge mehr zu. Wer wusste denn, wozu diese Frau mit dem Skelett eines längst verendeten Kaninchens fähig war.

Tannenhausen

Jan fühlte sich, als habe er Fieber.

Chief lag mit ihm auf dem Sofa und leckte seine Wunden. Sprichwörtlich. Denn natürlich waren seine Hände, von denen der Schleim des treuen Vierbeiners tropfte, unversehrt.

War er gemein gewesen zu Lisa? Oh ja.

War es seine Absicht gewesen? Sicher nicht.

Er hatte ja schon lange das Gefühl gehabt, dass es ihr nicht mehr gut tat, hier bei ihm zu wohnen, während er sich immer mehr mit dem Gedanken angefreundet hatte.

Jetzt musste er sich wieder an die Einsamkeit gewöhnen, die er einst auf diesem Hof gesucht hatte.

Warum taten Menschen Dinge, die nicht gut für sie waren?, fragte er sich, als die Nachmittagssonne auf die blaue Bank draußen vor dem Fenster fiel.

Was hatte diese Frau getan, dass es ihr schlecht ging? Was hatten andere mit ihr gemacht? Wo kam sie her? Vermisste sie jemand?

Bestimmt war Lisa jetzt genau mit diesen Fragen beschäftigt, nachdem er sie in der Dienststelle alleine gelassen hatte.

Ob er sie anrufen sollte? Nein, ihm war nicht danach. Was sollte er auch sagen. Dass er es ohne sie nicht aushielt? Das wäre gelogen. Es war einfach so, dass er sich an den Gedanken gewöhnt hatte, dass sie da war. Genauso war es.

Menschen lebten zusammen, gewöhnten sich aneinander und kamen dann nicht mehr alleine zurecht. Wer sonst, wenn nicht er, hätte dieses Problem erkannt.

Ihm fielen Virginia und Viktoria wieder ein. Er hatte es lange geschafft, nicht mehr an sie zu denken. Wen vermisste er mehr? Die Frage war unfair, weil Virginia tot war. Man vermisste die Toten immer mehr als die Lebenden. Ganz einfach, weil es unmöglich wäre, sie jemals wiederzusehen. Der Schmerz des Unmöglichen machte sie zu dem Menschen, der ihm für immer das Herz zerreißen würde. Schon alleine nur an Virginia zu denken, sich an ihren Geruch zu erinnern und ihre warme weiche Haut bereitete ihm körperliche Schmerzen. Er wäre jetzt nicht in der Lage gewesen, die Musik von damals *Snow Patrol* zu hören. Ihre gemeinsame Musik. Und doch waren es gerade gewisse Klänge, die einen mit dem Schmerz versöhnten. Vielleicht sollte er sich doch am Abend eine Flasche Rotwein öffnen und die CD einlegen. Vielleicht.

Er war eingeschlafen und wachte von einem Geräusch auf. Nur ungern erinnerte er sich an die letzten Gedanken am Nachmittag. Er verspürte einen leichten Hunger, hatte aber keine Lust, sich etwas zu machen. Was sie wohl gerade tat? Lisa. Er musste sich eingestehen, dass sie ihm ans Herz gewachsen war. Das wollte bei ihm schon etwas heißen.

Er quälte sich hoch und wuschelte sich durchs Haar. Bevor er etwas anderes tat, stellte er sich unter die Dusche. Einfach, weil er unentschlossen war. Das warme Wasser auf seiner Haut tat ihm gut.

Danach fühlte er sich schon besser. Er öffnete sich einen Rotwein und schnitt den restlichen Käse, den er noch im Kühlschrank fand, in kleine Würfel. Dazu noch ein Brot mit Butter, das würde genügen.

Damit setzte er sich wieder aufs Sofa und klappte den Rechner auf.

Er musste sich ablenken. Also tippte er den Namen Viktoria Terling in die Suchmaschine. Nach einigen Minuten wusste er, dass seine letzte große Liebe glücklich in Kiel verheiratet war und erfolgreich mit ihrem Mann ein Immobilienunternehmen leitete. Es gab auch ein neueres Foto von ihr. Ja, es tat weh, dachte er und machte die Seite wieder zu.

Und nun? Er klickte sich durch ein paar Onlineportale mit regionalem Bezug, doch zu der Frau, die man am Vormittag gefunden hatte, gab es noch keinen Bericht. Sicher hatte Lisa beschlossen, dass es noch zu früh dafür war. Und vielleicht hatte die Frau ja auch geredet. Er wusste es nicht. Sie hatte sich nicht mehr bei ihm gemeldet und auch keine Nachricht geschickt. Ob er sollte? Nein, er legte das Handy wieder weg. Er konnte sich hier nicht wie ein mit den Nerven am Ende wirkender Psychopath aufführen, der die Einsamkeit nicht mehr ertrug. Einen Zustand, den er früher immer herbeigesehnt hatte, bevor er auf diesen Hof gezogen war. Er wollte wieder dahin, sich so zu fühlen. Nichts mehr vermissen müssen.

Er lehnte sich auf den Tisch und schob sich und Chief ein paar Käsewürfel rein. Dann nahm er einen Schluck Rotwein und sah zum Fenster. Er stelle sich vor, dass ihn jemand beobachtete, wie er so dasaß und nicht wusste, wohin mit seinen Gedanken. Was würde so jemand wohl denken? Wahrscheinlich vermutete er, dass er sich einen Film ansah oder auf Pornoseiten surfte. So etwas machten Männer wohl, wenn sie alleine waren. Doch so einsam und verzweifelt fühlte Jan sich nun auch wieder nicht.

Aber ehe er sich versah, war er auf einer Seite gelandet, wo sich Frauen präsentierten, die einen Mann suchten.

Entweder fürs Leben und wenn nicht das, dann doch wenigstens für eine Nacht. So jedenfalls war sein erster Eindruck, als er die stark geschminkten, zum Teil ziemlich vulgär wirkenden Gesichter sah.

Wie konnte man sich nur derart verkaufen?, fragte er sich. Es war einfach nur abstoßend. Doch er war sich sicher, dass es Männer gab, die genau nach solchen Frauen suchten. Er machte die Seite wieder zu und suchte weiter.

Es musste doch auch Frauen geben, für die er sich begeistern konnte.

Und tatsächlich entdeckte er nach kurzer Zeit einen Link, hinter dem sich auch Frauen verbargen, die auf der Suche waren. Doch wonach, das war ganz unterschiedlich motiviert. Einige suchten einen Mann, andere eine Frau und wieder andere einfach eine Gruppe, mit der man etwas unternehmen konnte. Die Seite hieß *Nicht einsam, aber ...,* das hatte ihn neugierig gemacht. Vollendet wurde der Satz, als er die Seite öffnete mit *Nicht einsam, aber manchmal doch allein.* Diese Feststellung hatte etwas Trauriges und doch Befreiendes in einem. Manchmal war es nämlich schön, alleine zu sein. Und manchmal sehnte man sich eben nach Gesellschaft.

Er stieß auf einige Gesichter, die ihm spontan gefielen. Seinen Hang zu dunklen großen braunen Augen pflegte er immer noch. Und wenn sie dann noch traurig wirkten, sah er länger als bei anderen hin.

Bei dem Profil einer Frau, die sich *Frau ohne Namen* nannte, blieb er hängen. Alleine das machte ihn schon neugierig. Wer nannte sich schon so? Ihr Bild war diffus, doch man konnte sehen, dass sie große dunkle Augen und schulterlange, vielleicht braune, Haare hatte. Beim weiteren Lesen erfuhr Jan, dass sie Hunde liebte. Er sah zu Chief und nickte ihm zu. Der Hund verstand zwar nicht, worum es ging, doch er sprang freudig auf das Sofa zu ihm.

Die Frau ohne Namen lebte irgendwo in Ostfriesland. Das freute Jan, weil es für ein mögliches Treffen günstig wäre. Doch war er da nicht schon einen Schritt zu weit gegangen, wenn er von einem persönlichen Treffen ausging? Was machte er hier eigentlich? Ein nächster Reflex sagte ihm, dass er den Laptop zuklappen sollte. Doch er machte genau das Gegenteil und las weiter in dem Profil dieser geheimnisvollen Frau. Sie machte in der Freizeit viel mit Büchern, las er. Was genau, das sagte sie nicht. War sie vielleicht Schriftstellerin? Das könnte ihm gefallen. Meistens waren solche Menschen ja so introvertiert wie er und lebten mehr in sich hinein, als alles in die Welt hinauszuposaunen. Dann gab sie noch an, dass sie gerne in der Natur sei. Alle Zeichen standen auf Grün, dachte Jan und musste innerlich lachen. Er hätte Lust gehabt, jetzt mit der Frau ohne Namen zu reden. Über alles, was ihnen so einfiel. Er nahm sein Glas, lehnte sich zurück und spielte in Gedanken alles durch. Wie sie hier mit ihm am Tisch saß, einen Wein trank, ihm zulächelte und schließlich von sich erzählte.

Er musste mehr über sie erfahren, dachte er. Er schenkte sich noch einmal nach und schrieb ihr eine Nachricht.

Manchmal fühle ich mich, als wäre ich frei. Das sind die Momente, wo ich solche Nachrichten schreibe. Eine Frau ohne Namen ist so verlockend wie ein Buch ohne Seiten. Man kann so viel hineininterpretieren, wie die Fantasie es einem erlaubt. Vielleicht bin ich der Mann ... der Mann ohne Herz. Hast du Lust, es herauszufinden?

Bevor er noch lange zögern und es sich anders überlegen konnte, drückte er auf Absenden.

Lisa

Sie wusste, dass sie keine Angst mehr alleine in ihrer Wohnung haben musste, doch dies war der erste Abend seit langer Zeit.

Lisa beschlich ein beklemmendes Gefühl, als sie sich im Wohnzimmer mit einem Glas Wein aufs Sofa setzte. Es war so unheimlich still. Kein Chief, der um ihre Beine schlich oder an ihrer Hand schleckte. Kein Jan, dem sie beim Grübeln zusehen konnte. Was er wohl machte?

Er war einfach gegangen und hatte sie alleine in der Dienststelle sitzen lassen. Das war so typisch für ihn. Und doch konnte sie es ihm nicht übelnehmen, weil es eben zu ihm gehörte, so ein Verhalten.

Sie vermisste ihn ganz furchtbar. Sollte sie ihn anrufen? Es war klar, dass er es nicht machen würde. Sie würde also einsam hier auf ihrem Sofa sitzen und sich mit Gedanken quälen, die ihr nicht gut taten. Wenn sie wenigstens einen Hund hier hätte. Der würde über manches hinweghelfen.

Sie schaltete den Fernseher ein und zappte sich durch gefühlte tausend Programme, ohne zu wissen, was sie da eigentlich sah.

Sie stellte den Ton ab, ließ aber eine Sendung über die skandinavischen Länder laufen. Die Bilder der

Landschaften beruhigten sie irgendwie und sie fühlte sich nicht so alleine, wenn der Fernseher Bilder in ihr Zimmer schickte.

Sie prüfte noch einmal ihr Handy. Zum hundertsten Mal. Wieder nichts.

Doch was würde er denken, wenn sie schon am ersten Abend, wo sie wieder in ihrer Wohnung war, als erstes bei ihm anrief? Dann hätte sie doch auch dortbleiben können, würde er sagen und hätte zweifellos recht damit gehabt.

Um sich abzulenken, klappte Lisa ihren Laptop auf.

Und jetzt?, fragte sie sich. Wonach sollte sie suchen? Etwa nach Männern? Sie hatte sich vor ewigen Zeiten mal auf einer Kontaktseite angemeldet. Das war auch zu Recherchezwecken gewesen. Damals hatten sie die Nachrichten der Männer nicht interessiert. Außerdem hatte sie ein Bild benutzt, das ihrem Körperbau nicht mal annähernd ähnlich sah.

Nein, dazu hatte sie jetzt keine Lust. Drei Millionen Nachrichten von Testosterongestörten zu lesen, die nur auf Oberweite und Hintern reagierten und dann sabbernd Nachrichten in die Tastatur tippten.

Als surfte sie weiter, denn plötzlich gefiel ihr der Gedanke, mit einem wildfremden Menschen in Kontakt zu treten. Einfach nur zum Zeitvertreib. Anonym und ohne Konsequenzen. Sie tippte »einsam« und »Single« in die Suchmaschine und ihr fiel eine Seite ins Auge. *Nicht einsam, aber ...* Das hätte zu Jan gepasst, dachte sie und musste schmunzeln. Sie selber fand es schon wieder zu melancholisch. Wenn sie ohne Jan fertig werden wollte, dann musste sie damit Schluss machen und einfach mal wieder zwanglos fröhlich sein. Lachen ohne Gewissensbisse. Einfach aus Blödsinn. Weil man gute Laune hatte, weil es einem gut ging. Ja, da musste sie wieder hinkommen.

Sie surfte weiter und landete schließlich auf einer Plattform, die sich *Siebter Himmel* nannte. Na ja, man konnte es auch übertreiben. Trotzdem machte sie die Seite auf und scrollte durch eine Vielzahl strahlender Männergesichter, die alle gerade erst vom Zahnarzt zu kommen schienen. So viele weiße Zähne hatte sie noch nie an einem Abend gesehen. Nein, das war auch nicht das Richtige. Sie machte die Seite wieder zu und versuchte ihr Glück erneut.

Bei einer Seite, die den Usern ein unvergessliches und anonymes Erlebnis versprach, blieb sie hängen. Anonym klang schon mal gut, doch niemand zwang einen ja, sich grundsätzlich mit seinem richtigen Namen anzumelden. Es lief doch alles nur noch anonym ab auf der Welt, das war doch eigentlich das Schlimme in der Gesellschaft.

Aber sie wollte jetzt nicht schon wieder ins Grübeln kommen. Also legte sie sich mit ein paar Eckdaten ein Profil an, lud ein Foto hoch, das sie von hinten auf einem Fahrrad zeigte. Es war schon über zehn Jahre alt und niemand würde sie so erkennen können.

Bereits nach einer halben Stunde hatte sie die ersten Anfragen von Männern, die sie gerne kennen lernen wollten. Sie sahen gut aus, aber eben durchschnittlich normal. Es war keiner dabei, der sie so richtig interessierte. Und dann sah sie auf ihre Uhr und bemerkte, dass es schon gleich Mitternacht war. Sie ärgerte sich ein wenig über den Gedanken, wie sie hier die Zeit im Nirvana verschwendet hatte. Doch was hätte sie im Moment zu ihrem aktuellen Fall schon machen können?

Sie schaltete den Rechner aus, sah auf ihr Handy. Keine Nachricht von Jan. Dann schlich sie ins Bad und putzte sich die Zähne. Das erste Mal seit langem stieg sie wieder in ihren Schlafanzug mit ausgeblichenem Teddymuster.

Raum 8

Man stellte sich ja immer vor, dass Räume, wo Menschen gefangen gehalten wurden, karg, dunkel, feucht und irgendwie lieblos und furchteinflößend waren. Man vergaß am Anfang, wie spät es war, dann verlor man die Tage und schließlich Wochen. Kein Gefühl mehr für Zeit und Raum.

Man hatte Angst, bekam kaum etwas zu essen oder zu trinken, war vielleicht sogar an Händen und Füßen gefesselt und wurde immer mehr ein Schatten seiner selbst.

Hätte man sie gefragt, sie hätte mit Hilfe ihrer Fantasie genauso etwas beschrieben.

Doch hier war alles anders. Es gab ein bequemes großes Bett, helles freundliches Licht und bunte Wäsche. Das Essen wurde pünktlich dreimal am Tag serviert und es schmeckte meistens auch ganz gut. Es gab einen Fernseher, in dem nur Serien liefen, eine Musikanlage und einen PC, allerdings ohne Internetanschluss. Doch zum Spielen oder Schreiben reichte er aus. Sie wurde gefragt, ob sie noch Wünsche hätte.

Ja, am Anfang, da hatte sie noch welche gehabt. Das erste, was sie sich wünschte, war ein Plüschpony. Sie hatte mal eines in der Werbung zuhause bei ihren Eltern im

Fernsehen gesehen. Es war so süß gewesen. Genau das wollte sie auch. Es dauerte keine zwei Tage, da lag das Plüschpony auf ihrem Bett.

Das war jetzt viele Jahre her. Vielleicht waren es fünfzehn oder zwanzig. Es spielte keine Rolle mehr. Sie hatte im Laufe der Jahre gelernt, dass es besser war, wenn man nicht nachfragte. Sie wusste, sie würde nie wieder hier herauskommen. Niemals.

Das Plüschpony stand mittlerweile auf einem weißen Regal an der Wand. Es hatte viele ihrer Tränen aufgesogen und getrocknet.

Es dauerte schon viel zu lange. Sie rechnete damit, dass er heute wieder zu ihr kommen würde. Beim letzten Mal, da hatte sie ihn verärgert, weil sie plötzlich angefangen hatte zu zittern. Du sollst nicht zittern, hatte er geschrien. Wer gibt dir das Recht, Angst vor mir zu haben? Doch sie hatte einfach nicht mehr aufhören können damit. Sie konnte es doch nicht beeinflussen, dass sie eine Gänsehaut bekam, wenn die Tür zu ihrem Gefängnis mit einem leichten Geräusch, das sie an einen Kühlschrank erinnerte, geöffnet wurde. Wenn es Abend war, dann bedeutete es nichts Gutes.

Er war schon so viele Abende zu ihr gekommen und sie hatte es ertragen, dass er sie auszog, nackt auf das Bett legte und in sie eindrang. Das erste Mal war es passiert, da war sie vielleicht vierzehn oder fünfzehn Jahre alt. Sie hatte ihr Plüschpony dabei angesehen, um den Schmerz nicht zu spüren. Sie wusste nicht, was der Mann da mit ihr machte. Sie wusste nur, dass es aufhören sollte.

Sie war zu einem Klumpen geworden, mit dem er machte, was er wollte. Und es war nicht nur er. Als sie älter war, da kam das erste Mal ein fremder Mann zu ihr. Nein, das war falsch ausgedrückt. Er war ja auch fremd. Aber der andere, der kam, war noch fremder als er. Und er war gemeiner zu ihr. Er schlug ihr ins Gesicht und beschimpfte sie als ungehöriges Mädchen, das seinem Papi nur Ärger machte. Dann tat er das, was auch er schon immer machte. Und dann machte er noch etwas anderes. Es tat höllisch weh und brannte in ihren Augen. Seitdem hatte sie das Plüschpony nie mehr gesehen.

Gestern hatte sie gehört, wie in dem Zimmer nebenan genau dasselbe passierte wie so oft bei ihr. Die Frau hatte gestöhnt. Es hatte sich gequält angehört. Nicht so wie in den Filmen, die sie sich immer ansehen musste, oder besser gesagt, sie musste zuhören, wenn sich da Menschen umeinander bemühten, um in Stimmung zu kommen, wie

36

er sagte. Doch sie kam nicht in Stimmung. Sie stumpfte immer mehr ab.

Aber das letzte Mal, da hatte sie gezittert. Das würde er ihr so schnell nicht verzeihen. Und vielleicht hatte sie Glück, weil er dann zu den anderen ging.

Im Laufe der Jahre hatte sie mindestens fünf verschiedene Stimmen ausgemacht, die nicht seine waren. Und auch nicht die der Frau, die ab und zu nach ihr sah.

Da die beiden sich so zeigten, wie sie waren, war es ihr schon bald klar geworden, dass es für sie die Endstation sein würde. Und jetzt lebte sie immer noch. Das wunderte sie manchmal. Denn leben wollte sie eigentlich gar nicht mehr. Es wäre sicher möglich gewesen, sich hier das Leben zu nehmen. Doch dazu war sie einfach zu feige.

Hätte sie gewusst, was sie an diesem Abend erwartete, dann hätte sie allen Mut zusammengenommen. Doch das wusste sie nicht. Und manchmal war es auch gut, wenn man etwas nicht kommen sah, was noch viel grausamer war, als das, was man in den ganzen Jahren schon als das Schlimmste empfunden hatte, was man je erleben würde.

Die stumme Frau

Lisa stand am nächsten Morgen lustlos auf. Sie dachte unter der Dusche an den gestrigen Abend und ihren verzweifelten Versuch, über das Internet auf nette Menschen zu treffen. Wie töricht. Heute Abend würde sie ihr Profil wieder löschen, nahm sie sich vor. Sie wollte nicht zu denen gehören, die in der Irrealität abdrifteten und nur noch über das Internet kommunizierten.

Als sie in den Spiegel sah, bekam sie eine Gänsehaut. Gleich würde sie alleine in der Küche sitzen und frühstücken. Wie war sie bloß auf die Schnapsidee gekommen, wieder in ihre Wohnung zu ziehen? Jan hatte sie nicht darum gebeten. Im Gegenteil. Sie hatte schon gemerkt, dass es ihm gar nicht recht war, wenn sie ging. Und dann hatte sie sich in eine Argumentationskette verrannt, und konnte nicht mehr zurück. Konnte sie wirklich nicht? Sie zog sich ein großes Handtuch über den Kopf und rubbelte ihre Haare trocken.

Als sie den Kaffee trank, sah sie aus dem Fenster. Unten auf der Straße waren die Menschen mit den üblichen Alltagstätigkeiten beschäftigt. Sie unterhielten sich, wenn sie draußen im Garten am Zaun standen. Sie fuhren mit ihren Autos weg und kamen irgendwann wieder. Sie gingen ins Haus und taten dort weiß Gott was. Doch Lisa interessierte nichts von alledem. Nein, sie würde jetzt nicht anfangen, draußen vor der Tür zu stehen und mit Nachbarn, die sie gar nicht kannte, reden. Da hatte Jan schon ganz recht. Man musste nicht mit den Menschen sprechen, die aus einer Laune der Zufälligkeit heraus neben einem wohnten. Das war ja noch schlimmer, als verheiratet sein, hatte er lachend gesagt. Daran erinnerte sie sich jetzt und musste lächeln.

Dann saß sie in ihrem Wagen und fuhr Richtung Dienststelle. Sie musste den Kopf jetzt nötig für den Fall freikriegen. Wenn es denn überhaupt ein Fall war, dachte sie.

Jans Wagen stand schon auf dem Parkplatz, als sie dort ankam. Sie wehrte sich vergeblich dagegen, dass ihr Herz einen Takt schneller klopfte.

»He, auch schon da?«, fragte sie so belanglos wie möglich, als sie ins Büro kam.

Jan saß an seinem Schreibtisch und sah von seinem Rechner auf.

»Guten Morgen Lisa, du, es tut mir leid, dass ich gestern ...«.

»Schon gut«, fuhr sie schnell dazwischen. Sie mochte es nicht, wenn er sich so klein vor ihr machte. »Es ist auch nichts Wesentliches mehr passiert. Die stumme Frau ist noch im Krankenhaus. Ich werde gleich dahin fahren. Kommst du mit?«

»Sicher komme ich mit«, sagte er erleichtert darüber, dass sie so unkompliziert mit dem gestrigen Vorfall umging. »Ich habe ihr Bild schon in die Datenbank zur Suche eingegeben, aber bisher nichts gefunden.«

»Ach, nicht? Nun, das hätte ich dir auch sagen können. Was meinst du, was ich gestern gemacht habe, als du dich verdrückt hattest?« Sie legte ein schelmisches Grinsen auf, damit er wusste, dass sie es nicht böse meinte.

»Klar. Aber manchmal sehen zwei Augenpaare mehr als eines«, meinte er.

»Sicher hast du recht. Wollen wir trotzdem gleich los?«

Er nickte und sie machten sich auf den Weg zum Krankenhaus.

Bevor sie zu der Frau gingen, versuchte Lisa noch, den Arzt zu erwischen. Und sie hatten Glück.

»Wir mussten sie in ein anderes Zimmer verlegen«, erklärte dieser. »Die Bettnachbarin fand sie unheimlich.«

»Unheimlich?«, fragte Lisa. »Weshalb?«

»Sie soll merkwürdige Geräusche gemacht haben. Nun ja, auf jeden Fall liegt sie jetzt zwei Zimmer weiter und alleine. Ich denke, wir können sie morgen entlassen. Wissen Sie schon, wo sie hinkommt?«

»Tja, das ist eine gute Frage. Ich denke, dafür ist das Sozialamt zuständig.«

»Ja, so wird es wohl sein.«

»Sind Sie bezüglich Ihrer Untersuchung noch zu weiteren Ergebnissen gekommen?«

»Nein, im Prinzip nicht. Allerdings liegt die Blutuntersuchung heute vor und ich würde sagen, dass sie permanent getrunken hat.«

»Permanent?«

»Ja, ich meine, es gibt gewisse Anzeichen dafür, was die Leberwerte betrifft. Allerdings hat sie nicht so viel getrunken, dass man es als bedenklich einstufen könnte.«

»Die arme Frau«, meinte Lisa, »unterernährt, aber jede Menge Alkohol im Blut. Und trotzdem gehen Sie nicht davon aus, dass sie auf der Straße gelebt hat, oder?«

»Nein, das würde ich nicht sagen«, bestätigte der Arzt. »Und wenn man es genau nimmt, dann denke ich, dass sie erst im Laufe des letzten Jahres so viel abgenommen hat. Aber das ist nur eine Vermutung von mir, die ich natürlich nicht belegen kann.«

»Gut, dann gehen wir jetzt zu ihr. Wenn es Ihnen recht ist, dann bleiben wir in Kontakt, falls es noch Fragen gibt.«

»Natürlich«, sagte der Arzt und wandte sich ebenfalls zum Gehen.

»Was hast du gestern Abend denn noch so gemacht?«, versuchte es Lisa beiläufig klingen zu lassen, während sie über den Flur liefen.

»Ach, nichts Besonderes«, antwortete er. Und sie hatte auch nicht erwartet, dass er ihr jetzt einen Bericht ablieferte.

»Wie geht es Chief?«

»Ihm schmeckte sein Leberwurstbrot heute Morgen.«

Dann standen sie vor dem richtigen Zimmer und Lisa drückte die Klinke herunter.

Die Frau lag in ihrem Bett und starrte an die Decke. Als sie die beiden bemerkte, drehte sie sich auf die Seite und sah Richtung Fenster.

Lisa fühlte sich hilflos. Wie sollte man jemanden ansprechen, dessen Namen man nicht kannte? Gestern hatte sie noch die Hoffnung gehabt, dass die Frau etwas sagen würde. Doch nach allem, was sie bisher gehört hatte, sank diese Hoffnung gen null.

Sie ging um das Bett herum und zog sich einen Stuhl heran, mit dem sie ganz nah an die Frau heranrückte. Jan stellte sich ans Bettende und zuckte mit den Schultern.

»Hören Sie, wir möchten Ihnen wirklich nur helfen, wieder nach Hause zu kommen«, versuchte es Lisa. »Doch dafür müssen Sie uns sagen, wie Sie heißen und woher Sie kommen. Verstehen Sie das?«

Sie sah den leeren Blick, der noch immer Richtung Fenster gelenkt war. Man hatte keine Drogen gefunden und auch sonst keine Hinweise, dass sie geistig beeinträchtigt sein könnte. Warum also zum Teufel sagte sie nicht endlich etwas?

»Vielleicht ist sie taubstumm«, meinte Jan nach einer Weile.

»Ja, das könnte sein. Kannst du mal versuchen, da jemanden zu kriegen?«

»Klar«, antwortete Jan und ging auf den Flur hinaus.

»Mein Kollege kommt gleich wieder«, versuchte Lisa es noch einmal und legte ihre Hand in die Nähe der Hand der Frau auf dem Bett. Sie zuckte zurück. Das war also ein Fehler, dachte Lisa. Sie zog ihre Hand wieder zurück und sah jetzt auch zum Fenster.

»Es wird bestimmt ein schöner Herbst«, fuhr sie ihren Monolog fort. »Ich mag es, wenn die Blätter in Gelborange getaucht sind. Sie auch?«

Wie erwartet kam keine Reaktion. Weder bewegte sie ihren Kopf, geschweige denn ihre Lippen.

Lisa beschloss, so lange zu warten, bis Jan mit einer Person zurückkäme, die sich mit Gehörlosen auskannte.

Und es dauerte dann noch fast fünfzehn Minuten, die sich für Lisa wie zäher Brei dahinzogen. Sie musste an die Geräusche denken, die diese Frau hier vor ihr gemacht haben sollte. Sie sah harmlos aus, aber war sie das auch? Eigentlich war es leichtsinnig gewesen, sie einfach unbewacht ins Krankenhaus zu bringen und sogar zu einer anderen Patientin zu legen.

Dann ging die Tür auf und Jan kam mit einem Mann zurück, der die typischen Zeichen der Gebärdensprache machte.

»Hallo«, sagte Lisa, weil sie es als Begrüßung interpretierte.

»Guten Tag«, entgegnete der Mann. »Ich bin in der glücklichen Lage, auch sprechen zu können.«

»Das ist schön. Wir wissen nicht, ob diese Frau gehörlos ist, aber sie spricht nicht mit uns.«

»Das sagte Ihr Kollege schon.«

Er ging um das Bett herum und suchte den Blick der Frau. Sie zog das Bett fester um ihren Hals, sah einmal zu ihm auf und starrte dann wieder zum Fenster.

»Sie hört uns«, sagte der Mann.

»Tatsächlich?«, fragte Lisa erstaunt. »Woher wissen Sie das in so kurzer Zeit?«

»Sie hat uns eben zugehört und weiß genau, was jetzt auf sie zukommt. Das sehe ich an ihren Augen. Hätte sie nichts mitbekommen, dann würde sie sich nicht verkriechen, sondern eher neugierig gucken, was um sie herum geschieht. Und zwar sehr aufmerksam. Denn das ist die einzige Chance für Gehörlose, auf ihre Umwelt zu reagieren.«

»Und da sind Sie sich ganz sicher?«

»Hundertprozentig. Ich werde Ihnen also wohl nicht helfen können. Es bleibt Ihre Aufgabe, sie zum Sprechen zu bewegen.«

Sie wechselten noch ein paar Worte, dann ging er wieder.

»Und jetzt?«, flüsterte Lisa Jan zu, als ob sich etwas durch die Aussage des Gebärdendolmetschers geändert hätte zu ihrer vorherigen Situation. Sie hatte sie doch schon immer hören können.

»Ich weiß nicht. Vielleicht sollten wir Kontakt zur Stadt aufnehmen und nachfragen, was jetzt mit ihr geschieht. Sie ist kein Fall für uns. Das siehst du doch sicher auch ein. Wir wissen nicht, was mit ihr geschehen ist. Aber es scheint sich nicht um ein Verbrechen zu handeln. Warum also sollten wir noch länger hier unsere Zeit verschwenden?«

Er hatte sich nicht die Mühe gemacht, zu flüstern.

»Wenn du meinst«, gab Lisa nach. »Ich rufe mal an.«

Sie nahm ihr Handy und suchte die Nummer in ihrer Anrufliste.

Kurz darauf sprach sie mit der Anmeldung und ließ sich mit dem Sozialamt verbinden. Man wusste dort bereits von der Frau und hatte auch schon einen Plan, wie man ihr würde helfen können. Jedenfalls vorübergehend. Sie würde zunächst ins Frauenhaus kommen. Da Lisa jetzt schon mal aus dem Krankenhaus anrief, bat man sie, die Frau vorbeizubringen. Das würde den Mitarbeitern, die sowieso notorisch unterbesetzt seien, eine Menge Zeit ersparen.

Lisa willigte ein und legte auf.

»Wir sollen sie ins Frauenhaus bringen«, sagte sie lakonisch zu Jan, der zweifelnd den Kopf hin und her wiegte. »Ich weiß, was du meinst. Wie sollen wir das anstellen?«

»Vielleicht habe ich da eine Idee«, meinte Jan.

»Welche?«

»Wir holen Chief.«

»Chief?«

»Ja, welche Frau kann ihm schon widerstehen?«

Lisa lachte. »Stimmt. Die Idee ist gar nicht mal so schlecht. Ich schlage vor, du holst ihn und ich bespreche alles mit den Pflegern hier. Ich denke nämlich nicht, dass sie von der Idee, einen Riesenhund hier einzuschleusen, begeistert sein werden.«

»Wenn du ihnen versprichst, dass sie dann die ... nun ja«, er machte eine Kopfbewegung zum Bett.

Lisa hatte verstanden. Die Frau lag noch immer mit dem Rücken zu ihnen.

Es dauerte eine gute Stunde, bis Jan wieder da war.

Lisa hatte mit der Stationsschwester gesprochen und diese hatte sich das Okay des Chefarztes geholt, bis man schließlich zähneknirschend eingewilligt hatte, um das Problem aus der Welt zu schaffen.

Lisa hatte Jan telefonisch informiert und wartete jetzt am Krankenbett.

»Ich hoffe, Sie mögen Hunde«, versuchte sie jetzt eine Kommunikation aufzubauen.

Es kam natürlich keine Reaktion.

»Chief ist schon eine ganz besondere Marke, müssen Sie wissen. Er ist ein großer Mischling, eben eine typische Promenadenmischung. Aber er ist eine Seele von Hund. Mein Kollege hat ihn aus dem Tierheim geholt. Sie werden

Chief mögen, da bin ich mir ganz sicher. Er liegt immer bei uns auf dem Sofa ...«.

Bei uns. In Lisa kamen Gefühle hoch, die sie nicht einordnen konnte. Bei uns. Das hatte so etwas Vertrautes. Und jetzt wohnte sie nicht mehr bei Jan. Und wenn man es genau nahm, dann hatte sie im Prinzip gar nichts mehr mit Chief zu tun, wenn sie zum Beispiel nach Oldenburg oder sonst wo hin versetzt werden würde. Was also sollte dieses blöde bei uns?

Es klopfte an die Tür und Jan kam mit Chief herein.

Der Hund hatte seine Nase hochgesteckt und ließ erst mal seinen Blick schweifen, als Jan ihn ins Zimmer schob. Es war offensichtlich, dass ihm diese Krankenhausgerüche nicht behagten. Dann kam er weiter ins Zimmer und bewegte sich schnurstracks auf das Bett zu, weil er wohl gerochen hatte, dass da noch ein Mensch war.

Er stand nun direkt vor der Frau, sah sie mit schiefem Kopf an und begann, mit dem Hinterteil zu wackeln.

Ein gutes Zeichen, dachte Lisa.

Die Frau indes rührte sich nicht und zeigte keinerlei Regung. Oder doch? Lisa meinte, ein leichtes Blinzeln in ihren Augen erkannt zu haben. War das jetzt gut oder schlecht? Hoffentlich fürchtete die Frau sich nicht vor Hunden. Dann hätten sie hier gleich den größten Ärger am Hals.

Chief ging noch einen weiteren Schritt auf sie zu und Lisa wollte ihn gerade festhalten, als tatsächlich so etwas wie ein Lächeln über das Gesicht der Frau huschte. Im nächsten Moment fuhr eine breite klebrige Zunge durch ihr Gesicht. Sie ließ es sich ohne Gegenwehr gefallen und lächelte Chief an.

Jan nickte Lisa zu zur Bestätigung, dass sie alles richtig gemacht hatten.

»Wir möchten Sie jetzt gerne mitnehmen«, nutzte Lisa die Gelegenheit, wo die Frau etwas aufgetaut war. Doch da täuschte sie sich ganz gewaltig. Als die Frau nämlich ihre Stimme hörte, fiel sie sofort wieder in ihren fast katatonisch zu nennenden Zustand.

Chief hatte aufgehört, in ihrem Gesicht zu lecken und legte sich jetzt auf den Boden.

Da waren noch so manchen Hürden zu nehmen, dachte Jan.

»Sie können hier nicht länger bleiben«, fuhr Lisa fort. »Aber wir haben ein schönes Zimmer für Sie im Frauenhaus gefunden, wo Sie fürs Erste bleiben können. Das klingt doch gar nicht schlecht, finde ich.«

Die Frau reagierte nicht und starrte wieder zum Fenster.

»Das bringt nichts«, sagte Jan. »Wir werden es nie und nimmer schaffen, sie dazu zu bewegen, mit uns zu kommen.«

»Nein, wir nicht«, erwiderte Lisa und sah zu Chief. »Er hat einen Draht zu ihr, warum auch immer.«

»Klar, das war eindeutig. Aber glaub mir, fürs Frauenhaus ist Chief nicht geschaffen.«

»Ich weiß«, Lisa lachte. »Daran habe ich auch gar nicht gedacht.«

Jan schaltete blitzschnell. »Das ist jetzt aber nicht dein Ernst, oder?«

Lisa zuckte mit den Schultern. »Hast du eine bessere Idee?«

Jan musste an Helif Number denken. Ihm hatte er sofort sein Vertrauen geschenkt und ihn als Freund betrachtet und in sein Haus eingeladen. Warum fiel es ihm denn bei dieser Frau, die offensichtlich auch Schreckliches durchgemacht hatte, eigentlich so schwer?

»Na gut«, sagte er nach einigen Sekunden. »Aber nur, wenn du auch wieder auf den Hof kommst. Alleine packe ich das nicht.«

»Sicher«, sagte Lisa und versuchte, völlig unbeteiligt zu wirken. »Wenn es nicht anders geht.« Dann lief sie rot an vor Freude, doch das sah Jan nicht mehr, weil er schon in den Flur gegangen war, um die Pfleger zu bitten, sich um die Formalitäten zu kümmern und dem Sozialamt Bescheid zu geben.

Es dauerte noch eine gute weitere Stunde, bis sie endlich grünes Licht hatten.

Lisa zog sich einen Stuhl heran und sah die Frau und dann Chief an.

»Komm Chief«, sagte sie und der Hund erhob sich. »Du musst versuchen, diese Frau zu überreden, mit dir zu kommen.«

Der Hund sah von einem zum andern. Und als ob er verstanden hätte, dass es jetzt nur noch auf ihn ankam, legte er seinen großen schweren Kopf auf das Bett und leckte an der Hand der Frau. Zunächst blieb sie teilnahmslos, doch als der Sabber sich schon über das Laken verteilte, sah sie ihn plötzlich an, hob die Hand und streichelte ihm über den Kopf.

»Was denken Sie, wollen wir gehen?«, fragte Lisa vorsichtig.

Es war das erste Mal, dass die Frau ihr ins Gesicht sah. Sie nickte stumm.

Ein nettes Dorfleben

In Moordorf war die Welt noch in Ordnung, wie man so schön sagte. Es gab eine Handvoll Häuser, gute Einkaufsmöglichkeiten, die einen mit dem Nötigsten versorgen und eine nette Nachbarschaft. Man half sich gegenseitig und war füreinander da. Viele trafen sich sonntags noch in der Kirche. So etwas gab es doch nur noch auf dem Lande, hörte man immer wieder.

Auch Henrike und Wilhelm fühlten sich hier wohl. Er lebte schon von Kind auf hier in Moordorf und hatte den Hof von seinen Eltern geerbt. Ihn hatte es nie weiter als nach Oldenburg gezogen, wo er eine landwirtschaftliche Ausbildung absolviert hatte. Doch das alles war schon lange her.

Seine wenigen Tiere hatte er schon Ende der 1990er Jahre verkauft, als die Betriebe immer größer wurden und er mit seiner kleinen Viehhaltung nicht mehr mithalten konnte. Als dann auch noch die Molkerei schloss, fiel ihm die Entscheidung nicht mehr schwer.

Wilhelm hatte sich beruflich umorientiert und arbeitete jetzt in einer kleinen Bäckerei in Aurich. Henrike, die am Anfang noch auf Kinder gehofft hatte, die dann aber nicht kamen, ging an verschiedenen Stellen im Ort putzen. Sie kamen also gut mit ihrem Geld zurecht.

Diese Idylle, sie hätte noch ewig so weitergehen können, wenn Henrike an diesem besagten Morgen Mitte September auf dem Friedhof, wo sie das Grab von Wilhelms Eltern mit frischen Blumen versorgen wollte, nicht auf etwas so Grausames gestoßen wäre, dass sie für die nächsten Jahre in ihren Alpträumen begleiten würde.

Singend war sie mit dem Rad erst zum kleinen Blumenladen gefahren und hatte die ersten Astern gekauft. Nach einer kurzen Unterhaltung über den neuesten Tratsch mit der Blumenfrau war sie dann beschwingt weitergefahren. Friedhöfe machten ihr nichts aus. Im Gegenteil. Manchmal fiel das Sonnenlicht auf die einzelnen Grabsteine, als stiege ein Leuchten aus ihnen.

Henrike hatte vor einem Jahr angefangen, Gedichte zu schreiben. Sie hatte schon immer einen Hang zur Poesie gehabt, der erst da wieder aus lang vergessen geglaubten Windungen ihres Hirns wieder nach vorne getragen worden war, als sie im Radio einer Lyriksendung gelauscht hatte, als Wilhelm ganz früh aus dem Haus gegangen war.

Sie stellte das Fahrrad wie immer am Eingang ab, schnappte sich einen Eimer, füllte ihn mit frischem Wasser und lief dann zu der Reihe, in der das Ehepaar Wiechers ruhte. Hätte sie jemand gefragt, dann hätte sie ehrlich geantwortet, dass sie die beiden nie gemocht hatte. Doch zum Glück fragte ja niemand danach.

Henrike schüttete das schon leicht faulig riechende Wasser aus der Steckvase, füllte Frisches hinein und entfernte dann das Papier um den frischen Strauß Astern. Sie waren gelb. Ihre Lieblingsfarbe. Wie die Sonne, dachte Henrike und zupfte die Blumen zurecht. Dann steckte sie die Spitze der Vase wieder ins Erdreich und setzte sich auf die Steinkante des Doppelgrabes.

Sie schlang ihre Arme um die Knie und schloss für einen Moment die Augen. Die Sonne kitzelte ihre Nase. Jetzt hätte sie schreiben mögen. Doch sie hatte ihren Block zuhause vergessen.

Als sie die Augen wieder öffnete, ließ sie ihren Blick über die vielen Verstorbenen wandern. Sie kannte fast jede der Familien, die hier lag. Wenigstens vom Hörensagen. Selber war sie in Emden aufgewachsen. Doch es zog sie nichts mehr dorthin, seitdem ihre Eltern vor einem Jahr bei einem tragischen Verkehrsunfall ums Leben gekommen waren. Geschwister hatte sie keine. Das schmerzte sie manchmal, doch als Ausgleich gab es sieben Schwäger und Schwägerinnen, alles Geschwister von Wilhelm. Ganz bestimmt lag es daran, dass sie sich ausgerechnet ihn in verguckt hatte, als in Emden das

Stadtfest gefeiert wurde. Sie war gerade fünfundzwanzig geworden und für damalige Verhältnisse galt sie schon als Restposten unter den heiratsfähigen Frauen. Deshalb hatte ihre Mutter auch nicht lange gefackelt, als sie von der Bekanntschaft mit einem Hoferben in Moordorf erfahren hatte. Wilhelm wurde zum Tee eingeladen und es hätte nicht viel gefehlt, und Henrikes Mutter hätte den Pfarrer gerufen, um die beiden auf der Stelle zu trauen.

Ein halbes Jahr später war es dann so weit und Henrike gab Wilhelm das Ja-Wort.

Nein, sie wollte und sie konnte sich nicht beklagen. Es ging ihr gut. Sie hatten sich damit arrangiert, dass sie keine Kinder bekommen konnten. Es lag wohl an ihr. Doch Henrike engagierte sich in der Kirchengemeinde und begleitete ehrenamtlich Jugendfahrten.

Als sie spürte, dass es langsam kalt auf den Steinen wurde, stützte sie die Hände auf, um sich zu erheben. Doch im nächsten Moment schrie sie jäh auf.

Sie fiel zurück auf den Boden und sah sich um. Niemand hatte sie gehört. Sie starrte wieder zu dem Grab in der nächsten Reihe, das sie bis hierhin nur aus dem Augenwinkel wahrgenommen hatte. Erst, als sie hochkam, war ihr Blick durch die Anstrengung dorthin gelenkt worden und hatte den Schrei unbewusst aus ihr herausgepresst. Da lag jemand. Auf dem Grab lag jemand.

»Hallo!«, rief Henriette, als ihr Herzschlag sich ein wenig beruhigt hatte. Es konnte sein, dass dort jemand, der sich um das Grab kümmerte, ohnmächtig geworden war. Alles ganz harmlos also. Doch es kam keine Antwort. Und der Mensch dort drüben bewegte sich auch nicht. Nur das aschblonde Haar wurde vom leichten Wind bewegt.

Da stimmt etwas nicht, ging es Henrike durch den Kopf. Doch wenn ein Mörder hier sein Unwesen trieb, dann bestimmt nicht am helllichten Tag auf einem Friedhof. Also nahm sie all ihren Mut zusammen, zog sich langsam am Grabstein ihrer Schwiegereltern hoch und ging mit fast unhörbaren Schritten rüber zu dem Grab, auf dem der leblose Köper lag.

»Hallo«, sagte sie noch einmal, aber viel leiser, als sie sich über die Frau beugte. Es war plötzlich so still auf dem Friedhof zwischen den anderen Toten. Und als Nächstes wurde ihr klar, dass sie nicht zufällig hier lag. Sie war nicht bewusstlos zusammengebrochen. Jemand hatte sie hier abgelegt. Und vielleicht sogar ermordet?

In diesem Moment dankte sie Gott, dass Wilhelm sie dazu hatte überreden können, sich ein Handy anzuschaffen. Für alle Fälle, wie er gemeint hatte, weil sie doch abends so oft mit dem Rad zu ihren Putzstellen unterwegs sei.

Sie kramte in ihrer Tasche danach und sah, dass sogar der Akku noch nicht leer war. Denn sie benutzte das Ding so gut wie nie und vergaß oft, es rechtzeitig aufzuladen. Jetzt aber wählte sie 110 und lauschte in den Hörer.

Die Fremde im Haus

Wäre Chief nicht gewesen, dann wären sie jetzt nicht hier, das war Jan und Lisa klar. Doch der Hund hatte es geschafft, und jetzt stieg die stumme Frau mit dem Tier aus dem Wagen und ließ ihn nicht aus den Augen.

Lisa sah ihr an, dass sie den Hof von Jan mochte. Erinnerte er sie an irgendetwas? Man musste sich in so einem Fall an jeden Strohhalm klammern.

Jan ging voraus und öffnete die Tür.

Da Chief sofort hineinlief, blieb auch ihr nichts anderes übrig, als dem Hund ins Haus zu folgen.

»Hoffentlich tun wir das Richtige?«, flüsterte Lisa.

»Was hätten wir sonst tun sollen«, entgegnete Jan.

In der Küche sprang Chief aufs Sofa und die Frau blieb mitten im Raum stehen.

»Setzen Sie sich ruhig zu ihm«, ermunterte Jan sie. Doch sie sah sich nur ratlos um.

»Kommen Sie«, sagte Lisa und nahm sie sanft aber beherzt bei der Hand und führte sie zum Sofa. »Sie können sich ruhig setzen. Wir machen uns jetzt einen Tee und dann können Sie auch etwas essen, wenn Sie mögen.«

»Ganz schön optimistisch«, raunte Jan von der Spüle aus, während er den Wasserkocher befüllte. »Ich glaube nicht, dass wir noch viel im Kühlschrank finden werden.«

»Dann hole ich uns schnell eine Pizza, das dauert ja nicht lange.« Sie holte sich von Jan das nonverbale Einverständnis und lief zur Tür.

Jan goss den Tee auf und stellte ihn auf ein Stövchen. Dann ging er an den Tisch und setzte sich auf einen Stuhl.

Er hätte sie jetzt etwas fragen können in der Richtung, ob sie auch einen Hund gehabt hatte, dort, wo sie herkam. Er hätte alles mögliche vor sich hinbrabbeln können, wenn sie nicht sprach. Doch er hatte keine Lust dazu. Und er wusste auch, dass er ihr damit keinen Gefallen tat. Aus irgendeinem Grund machten ihr Menschen, die sprachen Angst. Ja, das war der Punkt. Wenn man zu ihr sprach, dann bedeutete es meistens nichts Gutes. Sie musste diese Erfahrung in der Vergangenheit sehr oft gemacht haben, wenn sie mit einer derartigen Abgewandtheit reagierte.

Nur Chief, der nicht sprach, sondern nur seine Gefühle zeigte, kam an sie heran. Sie würden sich eine ganz andere Strategie überlegen müssen, wenn sie zu ihr durchdringen wollten.

Die Frau spürte, dass Jan sie beobachtete. Doch sie sah ihn nicht an. Da er nichts sagte, wirkte sie immer entspannter und lehnte schließlich ihren Kopf an Chiefs Bauch und fuhr mit ihrer Hand über seinen Rücken.

Kein Zweifel, sie dürstete nach körperlichem Kontakt. Nach wärmender Berührung, die sie bis in die Seele traf. Nein, sie war keine Frau, die nur von einem brutalen gefühlskalten Ehemann geschlagen worden war. Da musste noch viel mehr dahinter stecken. Er musste unwillkürlich an einen Film mit einer Frau denken, die alleine in einem Wald gelebt hatte. Sie kam auch nicht mit Menschen zurecht. Und irgendwie fühlte er sich der fremden Frau auf seinem Sofa, die mit seinem Hund eine fast telepathische Kommunikation führte, verbunden. Es gab Parallelen zu ihm. Welche Menschen mochte er schon?

»So, da bin ich wieder.« Wie auf Kommando kam Lisa mit drei Pappkartons durch die Tür.

Sie stellte sie auf dem Tisch ab und Jan holte Teller aus dem Schrank.

»Die brauchen wir nicht«, meinte Lisa. »Ich schneide sie in Stücke und dann essen wir sie aus dem Karton heraus.

»Wenn du meinst.«

Er stellte die Teller wieder zurück und Lisa nahm sich ein großes Messer aus der Schublade.

Plötzlich kam ein Geräusch vom Sofa, das sowohl Jan als auch Lisa bis ins Mark traf. Es war kein Schrei. Und auch kein Laut, den sie sonst gewohnt waren. Er kam aus einer Sphäre, die sie noch nicht betreten hatten. Und er kam von ihr.

Wie erstarrt saß die Frau auf dem Sofa. Ihre Hand war noch immer auf dem Fell des Hundes, doch jetzt hatte sich ihre Hand in den Rücken gekrallt, so dass Chief sich irritiert umsah.

»Keine Angst«, sagte Lisa sofort, die wusste, dass es nur an dem Messer liegen konnte. »Ich lege es sofort wieder weg, wir können die Pizza auch so auseinandertrennen.«

Sie zog die Schublade auf und ließ das Messer wieder darin verschwinden.

»Sehen Sie, das Messer ist weg.« Zum Beweis hielt sie ihre Hände in die Höhe.

Die Frau entspannte sich und auch Chief legte seinen Kopf wieder auf die Lehne und atmete schwer aus, als sie seinen Rücken losließ.

Lisa setzte sich an den Tisch, öffnete den ersten Karton und riss mit den Fingern die mit Käse belegte Pizza auseinander. Dann reichte sie der Frau eine Ecke. Diese sah ein wenig unentschlossen aus, doch als Chief seinen Kopf in die Richtung drehte und einen langen Hals machte, nahm sie das Stück entgegen und gab es dem Hund.

Lisa musste lachen. »Er schafft es immer wieder, dieser Schlingel.«

Plötzlich lachte die Frau auch. Zum allerersten Mal. Wenn auch zaghaft. Das war ein gutes Zeichen, sie waren auf dem richtigen Weg.

Lisa riss ein weiteres Stück ab und gab es ihr. Diesmal nahm sie es ohne Argwohn und biss hinein. Und so saß sie mit Chief Pizza kauend auf dem Sofa. Jan hätte in diesem Moment am liebsten ein Foto gemacht.

Nach dem zweiten Stück winkte die Frau schließlich ab, doch sie griff jetzt auch nach dem Glas Saft, das Lisa hier hinhielt und trank in gierigen Schlucken. Sie hatte Durst gehabt. Warum sagte sie das dann nicht?

Jan hatte sich mit an den Tisch gesetzt und aß lustlos seine Salamipizza. Irgendwie gefielen ihm die gemütlichen Abende mit Lisa besser, dachte er. Gerne hätte er jetzt einen Rotwein getrunken. Doch dafür war es eindeutig noch zu früh.

»Ein Schritt nach dem anderen«, flüsterte Lisa Jan unbemerkt zu. »Alles beginnt mit dem ersten Schritt.«

»Sicher«, erwiderte Jan.

Dann klingelte Lisas Handy.

»Es ist die Dienststelle.« Sie ging schnell ran.

»Wir müssen los«, sagte sie, als sie wieder aufgelegt hatte. Aus Rücksicht auf die gelöste Stimmung am Tisch war sie mit dem Telefon auf den Flur gegangen.

»Was ist denn?«, fragte Jan.

»Später. Aber wir müssen jetzt los.«

»Wie soll das gehen?« Er machte ein Zeichen zum Sofa. »Wir können Sie doch nicht hier alleine lassen.«

»Hm ... du hast recht. Aber Chief ist doch da.«

»Das ist nicht dein Ernst. Es kann sonst was passieren. Stell dir doch mal vor, sie verlässt das Haus.«

»Natürlich, ich sehe es ja ein. Ich werde einen Kollegen bitten, hierher zu kommen. Aber wir beide müssen jetzt nach Moordorf.«

Die Tote auf dem Friedhof

Ganz Moordorf schien sich um den kleinen Friedhof versammelt zu haben, als Jan und Lisa dort ankamen. Sie hatten Mühe, sich durch die Menge zu drängen, die unentwegtes Gemurmel in einer Welle vor sich herschob.

Lisa hatte Jan unterwegs informiert, dass man eine Leiche auf einem der Gräber entdeckt hatte. Es handelte sich um eine Frau. Und schon da waren bei ihr alle Alarmglocken losgegangen.

Und jetzt, da sie vor der jungen Frau, die wie schlafend auf dem grünen Bodendecker mit gekreuzten Händen dalag, verdichtete sich ihre Ahnung zu der Feststellung, die sie Jan sofort mitteilte.

»Sie haben etwas miteinander zu tun«, sagte sie, als sie neben der Frau in die Hocke ging.

»Das denke ich auch«, meinte Jan, der neben ihr kniete.

»Sie ist in einem ähnlichen Alter.«

Er nickte. »Aber sie ist tot.«

»Vielleicht sollte die stumme Frau auch tot sein, aber sie hat es geschafft, zu fliehen.«

»Du denkst, sie wurden irgendwo gefangen gehalten?«

»Denkst du das nicht?«

»Doch, irgendwie schon. Dann fällt unsere Theorie mit dem brutalen Ehemann ins Wasser.«

»Daran habe ich sowieso nie wirklich geglaubt«, meinte Lisa. »Dann hätte sie viel mehr alte Brüche oder Flecken aufgewiesen.«

»Ja, du hast recht. Unterschwellig war mir das auch schon klar.«

»Sie ist nicht so abgemagert«, stellte Lisa fest. »Aber ihre Kleidung ist ähnlich einfach. Als wenn sie nie rausgekommen wären.«

Jan hielt einen Moment inne. War das der Schlüssel?

»Du könntest recht haben«, meinte er nachdenklich und ließ seinen Blick über die gepflegten Gräber wandern. »Wir sollten uns darauf konzentrieren, dass man die Frauen irgendwo gefangen gehalten hat. Und vielleicht gibt es noch mehr. Viel mehr.«

Bevor Lisa etwas entgegnen konnte, löste sich der Pulk von Menschen für einen Augenblick und der Gerichtsmediziner bahnte sich einen Weg durch die Menge.

Jan und Lisa erhoben sich und begrüßten ihn.

»Schon wieder so eine junge Frau«, sagte der Gerichtsmediziner und schloss sich so ungewollt an die Theorie der beiden an.

»Wir denken auch, dass sie etwas miteinander zu tun haben«, bestätigte Lisa.

»Das habe ich nicht gesagt«, brummte er. »Und die andere lebt ja auch noch.«

»Stimmt. Aber das muss ja keine Absicht sein«, blieb Lisa hartnäckig. Es gefiel ihr nicht, dass sie sich immer indirekt mit dem Gerichtsmediziner in die Haare kriegten. Sie arbeiteten doch nicht gegeneinander. Warum war er immer so abweisend zu ihr?

Er bückte sich jetzt zu der Toten herunter und vergaß offensichtlich die Welt um sich herum. Denn er sprach mit sich selber, als er anfing, die Tote zu untersuchen.

»Blind?«, fragte Lisa erstaunt. Sie hatte gesehen, dass er die Augenlider angehoben und gleich darauf wieder losgelassen hatte.

»Ja, sie war blind«, bestätigte er und sah zu ihr herauf. »Meiner ersten Einschätzung nach hat man ihr die Augen weggeätzt.«

»Was?«

»Das geht mit einer Säure.«

»Schon klar. Ich ... wir haben jetzt also eine Frau, die nicht spricht und eine andere, die nicht sehen konnte. Ob das etwas zu bedeuten hat?« Jetzt wandte sich Lisa an Jan. Doch er war gar nicht mehr da. Sie hatte nicht bemerkt, wie er sich von ihr entfernt hatte und jetzt zwischen den anderen Gräbern spazieren ging.

Der hatte ja Nerven.

Sie ging ihm nach und erzählte ihm die Neuigkeit.

»Ja, es ist jetzt wohl offensichtlich, dass die Fälle zusammenhängen«, bestätigte er. »Vielleicht haben wir ja bei der Toten mehr Glück und wir erfahren, wer sie war.«

»Das wäre zu schön, um wahr zu sein. Was machst du hier eigentlich?«

»Ich beobachte die Menge«, erwiderte er. »Es könnte doch sein, dass derjenige, der sie hierher gebracht hat, unter den Schaulustigen ist.«

Auch Lisa sah jetzt unauffällig in die Runde. Es schauderte sie bei dem Gedanken, dass er ihr jetzt direkt in die Augen sah.

»Ich werde veranlassen, dass man unauffällig Fotos von allen macht«, sagte sie.

»Das habe ich schon«, meinte Jan.

»Und jetzt?«

»Jetzt müssen wir abwarten, ob es einen Hinweis auf die Identität der Toten gibt. Und der Bericht des Gerichtsmediziners lässt sicher auch noch auf sich warten.«

»Dann könnten wir auch wieder zum Hof fahren.«

»Sicher. Ich finde übrigens, dass du auch so lange dort bleiben solltest, bis sich alles aufgeklärt hat«, fuhr er fort. »Schließlich hast du mir die Sache eingebrockt.«

»Mitgehangen ... mitgefangen.« Jan hörte ihrer Stimme an, dass sie sich sogar darüber freute.

Ob es ihr genauso ging wie ihm? Vermisste auch sie seine Gesellschaft? Warum machten Menschen es sich eigentlich immer so schwer, wenn es doch im Grunde alles ganz einfach war.

Bevor sie losfuhren, machte Lisa mit ihrem Handy noch ein Foto von der Toten, um es der stummen Frau zu zeigen. Wenn sie Glück hatten, dann erkannte sie sie vielleicht.

Zunächst hatte Lisa auch noch mit Henrike sprechen wollen, doch dann hörten sie, dass Wilhelm bereits dort gewesen sei und sich nicht hatte beirren lassen und seine Frau mit nach Hause genommen hatte, damit sie sich ausruhte. Die Polizei könne jederzeit auf seinen Hof kommen, hatte er gebrummt und seine Frau am Arm gepackt und mitgenommen.

Raum 7

Als sich der Vorhang seines Raumes an diesem Morgen automatisch aufzog, spürte er sofort, dass etwas anders war. Er drehte sich von seinem Bett und sah in den Raum gegenüber. Dort hatte sich etwas verändert, und zwar massiv. Während sonst um diese Zeit kaum eine Bewegung wahrzunehmen war, so huschte plötzlich ein kleines Wesen von einer Ecke in die andere.

War da jetzt ein Kind eingezogen? Und wo war die Frau geblieben?

Er nannte sie immer nur Nr. 8, weil es nach seinen Berechnungen Raum Nr. 8 sein musste, der ihm gegenüberlag und er mit seiner Annahme recht hatte, dass sie hier zu acht gefangen gehalten wurden. Demnach war er Nummer 7. Aber wenn es anders war, dann konnte er auch Nr. 1 sein oder Nummer 2. Doch die Sieben gefiel ihm einfach besser. Sie hatte ihm immer Glück gebracht. Bis zu dem Tag, als er sich auf eine Frau eingelassen hatte, die ihn hierher gebracht hatte. Jedenfalls lastete er ihr das an. Er erinnerte sich nur noch, dass er viel zu viel getrunken hatte, weil seine Fußballmannschaft mal wieder verloren hatte. Und das ausgerechnet zu der Zeit, als seine Frau ihm den Laufpass gegeben hatte. Wenn es einmal schieflief, dann wohl richtig.

Und so war er an der Theke hängengeblieben und hatte die vollbusige Blondine nur noch schemenhaft wahrgenommen, die sich irgendwann neben ihn auf den Barhocker gesetzt hatte. Ihr tiefer appetitlicher Ausschnitt war so ungefähr das Letzte, an das er sich noch erinnern konnte.

Als er wieder zu sich gekommen war, da war er hier in diesem Raum gewesen. Das war jetzt vielleicht zwei Jahre her oder drei. Vielleicht auch fünf. Er wusste es nicht mehr. Wenn einem Raum und Zeit einmal durch die Finger geronnen waren, dann blieben sie unwiederbringlich fort. Am Anfang hatte er getobt und geschrien, als er erkannte, dass es nicht das Zimmer einer Prostituierten war. Denn dafür hatte er die Blondine gehalten. Sie war ihm gerade recht über den Weg gelaufen, hatte er noch geglaubt, als sie sich zu ihm setzte. Mittlerweile war er davon überzeugt, dass sie ihn bewusst ausgesucht und mit dem anderen Mann, der ihm zu essen brachte, entführt hatte.

Und jetzt war etwas anders in Raum 8. Von seiner Perspektive aus war es ihm nur möglich, direkt in den Raum ihm gegenüber zu sehen. Die anderen sah er nur schemenhaft an ihren Abmessungen. Hineinsehen konnte er aus seinem Blickwinkel nicht. Er wusste nicht, wer darin war. Und hören konnte er nur manchmal etwas. Oft waren es Schreie oder ein klagvolles Weinen.

Und in dem Raum gegenüber, da spielte jetzt ein Kind. Was war mit der Frau geschehen? War sie tot? Gewundert hätte es ihn nicht. Manchmal hatten sich dort Dinge abgespielt, die man im nüchternen Zustand kaum ertragen konnte. Und doch schaffte er es nie, einfach wegzusehen. Oder war es gerade das, was ihn so faszinierte? Diese Grausamkeit an allem?

Oft war der Mann, der ihm das Essen brachte, zu der Frau ins Zimmer gegangen und hatte ihr die Kleider ganz vorsichtig ausgezogen. Die Frau hatte komisch reagiert und war zurückgezuckt. Jedes Mal. Aber sie musste doch wissen, dass er es war. Bis ihm dann klar geworden war, dass sie ihren Peiniger nicht sehen konnte.

Und von dem Tag an hatte er ohne weitere Bedenken dabei zugesehen, wenn man sie brutal vergewaltigte. Wem schadete er denn damit? Sie wusste es ja nicht, dass er dabei zusah. Und dem Mann, ihm machte es noch größere Lust, das hatte er an seinem Blick gesehen, wenn er sie von hinten nahm und ihm dabei in die Augen sah.

Und auch ihm hatte es Lust bereitet. Er konnte es nicht ungeschehen machen.

Er beobachtete jetzt, wie das Kind auf das Bett kletterte und nach der Puppe griff, die darauf lag. Es kicherte und zog an den langen Haaren. Ob das ihr Kind war? Er konnte sich aber nicht erinnern, jemals einen dicken Bauch bei ihr gesehen zu haben. Doch es gab ja Frauen, denen man es nicht ansah.

Plötzlich weinte das Kind. Er hörte es nicht, doch er sah es an dem verzerrten Gesichtsausdruck, den Kinder spontan annahmen, wenn ihnen etwas nicht behagte. Bald darauf schrie es, denn das Gesicht lief rot an.

Warum kümmerte sich denn niemand um das Kind?, fragte er sich. Man konnte doch ein Kind nicht einfach sich selbst überlassen.

Und dann kroch eine ganz andere Frage in ihm hoch. War es sein Kind, das dort weinte?

Ganz behutsam

Als Jan und Lisa auf den Hof zurückkamen, war die Frau mit Chief auf dem Sofa eingeschlafen.

Der Kollege hatte sich vor dem Haus postiert und fuhr sofort los, als Jan ihm die Erlaubnis dazu gab.

»Sicher hält man uns für komplett verrückt«, sagte er zu Lisa, als sie sich ins Wohnzimmer setzten, um die Frau nicht zu wecken.

»Das tun sie doch schon lange«, seufzte Lisa. »Und ganz ehrlich, so abwegig ist der Gedanke gar nicht.«

Sie lächelte.

Ob sie froh war, wieder hier zu sein?, fragte sich Jan.

»Wir sollten uns langsam überlegen, wo sie eigentlich schlafen soll«, sagte er dann.

»Vielleicht in meinem Zimmer«, meinte Lisa und korrigierte sich sofort. »Ähm, ich meine das Zimmer, in dem ich ...«.

»Es ist immer noch dein Zimmer, Lisa«, sagte er und sie wusste seinen Blick, den er dabei hatte, nicht zu deuten. Deshalb legte sie es einfach positiv für sich aus.

»Doch trotzdem sollte sie darin schlafen, finde ich. Und wir müssen sowieso Wache schieben. Jedenfalls immer einer von uns.«

»Ja, das stimmt. Hoffentlich haben wir uns damit nicht zu viel zugemutet.«

»Wir können sie jetzt aber nicht mehr ins Frauenhaus abschieben. Du merkst doch auch, dass sie langsam auftaut. Lass uns einfach sehen, was in den nächsten zwei drei Tagen passiert. Wenn sie bis dahin nicht spricht, können wir sie immer noch woanders unterbringen.«

»Okay, damit kann ich leben.«

Sie hörten ein Geräusch aus der Küche.

Lisa war sofort aufgesprungen und in wenigen Schritten stand sie in der Tür.

Chief war vom Sofa gesprungen und die Frau, die dadurch geweckt worden war, sah sie ängstlich an.

»Alles in Ordnung«, beruhigt Lisa sie. »Er muss vielleicht nur mal kurz nach draußen.«

Irrte sie sich, oder hatte die Frau kurz zur Bestätigung genickt. Sie ließ sich damit auf einen Kontakt ein. Das ließ hoffen.

»Ich mache uns mal einen Tee«, sagte Jan, der ebenfalls in die Küche gekommen war.

Lisa setzte sich zu der Frau an den Tisch. Wie sollte sie es nur anstellen? Aber sie musste ihr unbedingt das Foto zeigen. Wenn sie die Tote identifizieren konnte, weil sie sie kannte, dann waren sie einen großen Schritt weiter.

»Haben Sie gut geschlafen?«, fragte Lisa.

Jetzt nickte die Frau.

»Er kann einen ganz schön wärmen, unser Chief.«

Sie nickte wieder.

Jan stellte die Becher mit Tee auf den Tisch und setzte sich dazu. Doch er spürte, dass Lisa jetzt lieber alleine mit der Frau wäre. Klar, dass er nicht selber drauf gekommen war. Wenn sie schreckliche Dinge mit einem Mann erlebt hatte, dann hemmte es sie vielleicht, sich zu öffnen, wenn ein Mann anwesend war.

»Ich guck mal, was Chief macht«, sagte er deshalb und ging zur Tür.

»Ja, mach das«, hörte er Lisa erleichtert hinter sich sagen.

Lisa zog ihr Handy wie zufällig aus der Hosentasche und suchte nach den Fotos, die sie gemacht hatte. Jetzt oder nie, dachte sie und hielt der Frau das, von dem sie dachte, dass es am wenigstens schonungslos zeigte, dass es sich bei der Frau auf dem Foto um eine Tote handelte, hin.

»Kennen Sie diese Frau vielleicht?«

Die Frau schürzte die Lippen und sah tatsächlich auf das Handy. Doch es schien eher Neugierde an dem Gerät zu sein. Kannte sie das Modell noch nicht? Kannte sie vielleicht überhaupt keine Handys? Wie sollte so etwas möglich sein im 21. Jahrhundert?

»Können Sie sich erinnern, die Frau auf dem Foto schon einmal gesehen zu haben?«, fragte Lisa erneut.

Die Frau lege ihren Kopf schief und schloss kurz die Augen. Machte sie die Tote auf dem Foto etwa nach? Versuchte sie, die gleiche Pose einzunehmen? Doch, es sah tatsächlich so aus.

Jetzt war guter Rat teuer. Wo um Gottes willen kam diese Frau eigentlich her? Die ganze Sache wurde immer mysteriöser.

Als das Handy in den Ruhemodus ging und der Bildschirm schwarz wurde, sah die Frau weiter darauf, und runzelte jetzt die Stirn.

Jan hatte unterdessen nach Chief gesehen, obwohl man das natürlich gar nicht musste. Als er draußen kurz die schöne Luft eingeatmet und die Farben des Laubs in sich aufgenommen hatte, ging er wieder ins Haus und setzte sich ins Wohnzimmer. Lisa würde ihm Bescheid geben, wenn sie mit der Frau fertig war.

Also klappte er den Laptop auf und lockte sich in die Website von neulich ein. Hatte die *Frau ohne Namen* auf seine Nachricht geantwortet?

Es gab tatsächlich eine Nachricht für ihn. Und sie kam von ihr.

Einen Mann ohne Herz möchte die Frau ohne Namen sicher gerne kennen lernen. Doch es gibt da etwas, was sie nicht versteht. Warum das Herz? Ist es nicht der wichtigste Teil eines Menschen? Und was ist ein Mensch ohne Herz?

Das ging Jan entschieden zu schnell. Kennen lernen wollte sie ihn, obwohl sie es merkwürdig fand, was er schrieb? War das nicht inkonsequent? Nahm sie jeden, von dem sie eine Nachricht bekam? Doch das stimmte nicht. Sie hatte ja hinterfragt, warum er sich Mann ohne Herz nannte. Es interessierte sie also, was in ihm vorging.

Als Lisa plötzlich neben ihm stand, klappte er schnell den Rechner zu.

»Was machst du da?«, fragte sie.

»Ach, nichts Besonderes …«.

»Und warum klappst du den Deckel zu, wenn ich komme?«

»Das war wohl nur ein Reflex. Sag mal, hat sie die Tote identifiziert?«

Er wollte endlich von dem leidigen Thema Laptop wegkommen. Er fühlte sich ertappt wie ein kleiner Junge.

»Ich hab genau gesehen, dass du eine Partnerseite offen hattest, aber geht mich ja auch nichts an.« Lisa rümpfte die Nase. »Aber ich komme mit ihr in der Küche nicht weiter. Ich glaube, sie kennt gar kein Handy.«

»Wie meinst du das?«

»Na ja, sie guckt darauf, als hielte ich ihr Raumschiff Enterprise hin. Sie wirkt interessiert, aber doch auch irgendwie geschockt. Sie kann damit nichts anfangen.«

»Also, jemand, der kein Handy kennt, der muss die letzten zwanzig Jahre wohl in einem Erdloch gelebt haben«, meinte Jan. Wie sollte er bloß die Missstimmung zwischen ihnen wieder kitten?

»Kannst du es nicht nochmal versuchen«, bat Lisa. Ihr Blick hing noch immer an dem Laptop. »Ich habe übrigens auch ein Profil angelegt auf so einer Seite. Wer weiß, vielleicht kommunizierst du ja gerade mit mir.«

»Echt jetzt?« Jan lachte sie offen an. »Du auch?«

»Ja«, gab sie gequält zu. »Es war so einsam in meiner Wohnung, als ich dort zum ersten Mal wieder übernachtet habe. Es war so still. Chief hat mir gefehlt.«

»Du hast ihm auch gefehlt«, sagte Jan. »Und mir übrigens auch ein bisschen.«

Sie hörten ein lautes Geräusch aus der Küche.

Lisa rannte sofort hin.

Die Frau saß starr vor Schreck auf dem Sofa und presste ihren Rücken an die Lehne. Ihr war der Teebecher heruntergefallen. Und daran war vermutlich Chief schuld, weil er zu ihr aufs Sofa gesprungen war.

»He, das macht doch nichts«, sagte Lisa und hob den Becher wieder auf. »Er war doch sowieso schon leer. Alles gut.«

Sie stellte den Becher wieder auf den Tisch und atmete erleichtert auf, als Jan in die Küche kam.

»Chief ist ein ganz schöner Tollpatsch«, sagte er lachend und setzte sich an den Tisch. Er fuhr dem Hund mit der Hand über den Kopf. Und plötzlich streckte auch die Frau die Hand aus und machte dasselbe. Beinahe hätten sich ihre Finger berührt, wenn Jan seine Hand nicht rechtzeitig zurückgezogen hätte.

»Hm ... ja also«, Lisa war ratlos, was sie jetzt machen sollte.

»Gib mir doch noch einmal dein Handy«, bat Jan und sie machte es sofort.

Er hielt der Frau das Foto der Toten noch einmal hin.

»Kann es sein, dass Sie diese Frau schon einmal gesehen haben?«, fragte er, während sie immer noch über den Rücken von Chief strich. Sie sah dabei auf das Foto und schüttelte schließlich den Kopf.

»Sind Sie ganz sicher?«, fragte Lisa fast enttäuscht.

Die Frau sagte nichts mehr. Offensichtlich war für sie alles gesagt.

»Wenigstens wissen wir jetzt das«, sagte Jan und gab Lisa das Handy zurück.

»Ich fahr nochmal in die Dienststelle«, sagte Lisa. »Ich denke, es ist besser, wenn einer hierbleibt.«

»Schon okay«, sagte er. »Aber du kommst doch später wieder und bleibst, oder?«

Ein Lächeln huschte über ihr Gesicht. »Klar, war doch so abgesprochen.«

»Da wird Chief sich aber freuen.«

Als Lisa weg war, hatte Jan große Lust, nach draußen zu gehen.

»Wollen wir uns ein wenig in die Sonne setzen?«, fragte er die Frau und zeigte nach draußen.

Sie folgte seinem Blick, stand vom Sofa auf und starrte dann aus dem Fenster. Schließlich nickte sie.

Jan holte einen Saft aus dem Kühlschrank und schnappte sich zwei Gläser von der Spüle.

»Dann kommen Sie«, sagte er und ging voraus.

Sie saßen auf der blauen Bank und keiner sagte etwas. Doch Jan machte das nichts aus. Wozu war dieses ständige Gequatsche denn schon gut? Nichts als Missverständnisse kamen am Ende dabei heraus. Nein, eigentlich empfand er die Nähe der Frau, die sich weigerte, zu sprechen, auf gewisse Weise sogar gut. Er glaubte nicht an die Theorie, dass sie nicht sprechen konnte. Vielmehr musste etwas geschehen sein, dass sie hatte verstummen lassen. Bestimmt würden sie bald herausfinden, was es war.

Er musste wieder an die Nachricht der Frau ohne Namen denken. War er wirklich ein Mann ohne Herz? Nein, dachte er, als er Chief im Schatten unter einem Busch liegen sah. Für diesen verdammten Köter da drüben würde ich töten. Also, wenn das kein Beweis für ein Herz war. Er musste schmunzeln.

Die Frau neben ihm hatte die Augen geschlossen und reckte ihr Gesicht der Sonne entgegen. Sie wusste, wie man die kleinen Dinge des Lebens genoss.

Da, wo sie herkam, hatte es wohl nicht so viel Freiheit gegeben. Und sie konnte mit der modernen Kommunikation nichts anfangen. Sicher war sie nicht zwanzig Jahre in einem Erdloch gewesen, wie er scherzhaft gesagt hatte. Doch irgendwie war sie lange von der Außenwelt abgeschnitten gewesen. Im Prinzip konnte nur eine Entführung dahinterstecken. Oder hatten ihre Eltern sie so lange im Keller versteckt und waren jetzt gestorben, so dass sie endlich in die Freiheit gelangen konnte?

Lisa

Lisa war ins Büro gefahren und hatte dort einen ersten Bericht des Gerichtsmediziners zu der Leiche vom Friedhof vorgefunden.

Er hatte recht gehabt. Die Frau war blind gewesen. Man hatte ihre Augen mit einer ätzenden Flüssigkeit angegriffen. Wer machte so etwas? Vom Alter her passte sie zu der stummen Frau, die den ganzen Tag an Chief herumfummelte, dachte sie sarkastisch. Heute Nacht würde sie sogar in dem Bett schlafen, dass Jan für sie gekauft hatte. War sie etwa eifersüchtig? Wollte sie den alten Zustand wieder zurück?

Doch es war ihre Idee gewesen, die Frau mit nach Tannenhausen zu nehmen. Also musste sie jetzt auch mit den Folgen klarkommen.

Gestorben war die Tote, weil man sie erstickt hatte, stand weiter in dem Bericht. Wie passte das zusammen, dass einer Frau offensichtlich die Flucht gelang und die andere ermordet worden war? Ob sie doch nichts miteinander zu tun hatten? Doch es war einfach sinnvoller, sie gemeinsam zu betrachten, fand Lisa. Das würde die Theorie untermauern, dass sie irgendwo gefangen gehalten worden waren. Aber wenn die eine Frau ermordet worden war, dann war sie nicht geflohen, sondern entsorgt worden.

Wieso lebte dann die stumme Frau noch? Und warum sagte sie nichts? Der potentielle Entführer oder Mörder musste doch davon ausgehen, dass sie etwas sagte. War er sich seiner Sache so sicher, dass sie es nicht tun würde? Selbst gesetzt den Fall, dass sie nicht sprechen konnte, würde es den Täter ja nicht schützen. Sie konnte etwas aufschreiben. Doch auch das tat sie nicht.

Lisa spielte mit dem Gedanken, jetzt noch bei den Wiechers vorbeizufahren und Henrike zu befragen. Doch was konnte sie schon gesehen haben, außer eben der toten Frau auf dem Grab? Der Kollege, der sie bereits am Tatort befragt hatte, hatte einen Bericht auf ihren Schreibtisch gelegt. Henrike Wiechers wusste nichts, stand da, wenn man es kurz zusammenfasste. Und es sprach im Moment nichts gegen die Annahme, dass sie tatsächlich nur Pech gehabt hatte, als sie an diesem Morgen auf dem Friedhof bei dem Grab der Schwiegereltern Blumen hinstellen wollte. Sie war nichts weiter als eine Zeugin. Die Tote musste laut Gerichtsmediziner schon über sechs bis zehn Stunden da gelegen haben. Also, wenn man etwas erfahren wollte zu dem Täter, dann musste man in der Nachbarschaft des Friedhofs herumfragen. Doch auch damit waren andere Kollegen bereits beschäftigt.

Bisher hatte es noch kein Ergebnis zur Identifizierung der Toten gegeben. Das Bild war durch die Datenbank geschickt worden, doch es gab keinen Treffer. Auch ein Abgleich mit der Vermisstendatenbank war ergebnislos geblieben. Doch wenn es stimmte, dass man diese beiden Frauen schon vor Jahren entführt hatte und sie gefangen gehalten worden waren, dann hatten sie zum Zeitpunkt ihrer Entführung sicher ganz anders ausgesehen. Waren viel jünger gewesen. Und die stumme Frau in Tannenhausen kannte kein Handy. In Lisa kroch ein kalter Schauer hoch. Konnte es vielleicht sein, dass sie als Kinder entführt worden waren? Um Gottes willen. Was für eine schreckliche Vorstellung, dann vielleicht zwanzig Jahre nicht mehr rausgekommen zu sein. Aber es wäre eine Möglichkeit, die sie in Betracht ziehen wollte.

Sie hätte jetzt so gerne wie sonst mit Jan darüber diskutiert, Ideen und Strategien entwickelt und dann wären sie irgendwann zu ihm auf den Hof gefahren, hätten etwas gegessen und Wein getrunken. Warum war das Leben so ungerecht und stellte plötzlich andere Weichen? Doch das war nicht das Leben gewesen, das warst du selber, du blöde Gans, schimpfte sie mit sich selber.

Und jetzt suchte Jan sogar nach Frauen im Netz. Wo sollte das noch hinführen? Wenn er eine Frau wie Virginia oder Viktoria fand, dann war sie abgeschrieben und würde nie wieder in den Hof einziehen können. Sie musste etwas unternehmen.

Doch erst einmal musste sie sich verdammt nochmal zusammenreißen und um den Fall kümmern.

Sie nahm den Hörer ihres Telefons und wählte die Nummer eines Kollegen, der sich mit einem Programm auskannte, an dem man Gesichter modellieren konnte. Er war zum Glück noch in der Dienststelle und sie bat ihn zu sich ins Büro.

Dort erklärte sie ihm ihr Anliegen und er versprach, für die beiden Frauen, die Stumme und die Tote, Kindergesichter zu konstruieren, die dem Alter von sechs bis zehn Jahren entsprechen könnten.

Danach war Lisa zufrieden mit sich. Sie fuhr ihren Rechner runter und beschloss, wieder nach Tannenhausen zu fahren. Sie nahm ihr Handy und wählte Jans Nummer. Während sie dem Rufton lauschte, ging sie auch noch einmal um seinen Schreibtisch herum. Manchmal lagen auch dort noch Notizen für ihn direkt. Und tatsächlich, neben seiner Tastatur lag ein grauer Umschlag. Der Brief kam aus der übergeordneten Stelle in Osnabrück.

»Ja, hallo«, sagte sie, als Jan abgenommen hatte. »Du, ich wollte jetzt zu euch kommen. Hast du eine Idee, was wir essen sollen?«

Jan wünschte sich Spaghetti und für Chief noch Leberwurst und Toastbrot, da er ihm gerade das Letzte gegeben hatte.

»Okay«, antwortete Lisa. »Übrigens, hier liegt ein Brief für dich im Büro, er ist von unserem Boss in Osnabrück. Soll ich den mitbringen?«

Jan bat sie, das zu tun. Dann legten sie auf.

Unterwegs besorgte Lisa, was sie zum Essen brauchten.

Als sie ins Haus kam, wunderte sie sich, dass die Frau gar nicht in der Küche auf dem Sofa saß. Dann sah sie durchs Fenster.

Jan saß doch tatsächlich mit ihr auf der blauen Bank dort draußen. Sie redeten nicht. Aber irgendwie sah die Frau gelöster aus.

Lisa verstaute einige Sachen im Kühlschrank und stellte dann einen Topf mit Wasser für die Nudeln auf den Herd. Wer bin ich hier eigentlich?, fragte sie sich verbittert. Eine bessere Küchenfee? Wieso machte sie das hier eigentlich? Doch dann rief sie sich schnell ihre eigene einsame Wohnung in Erinnerung und krempelte die Ärmel auf.

Mit dem Brief für Jan ging sie dann nach draußen.

»He, es ist ja noch richtig schön hier«, sagte sie zur Begrüßung und hielt ihm den Brief hin.

»Aus Osnabrück, sagst du ...«. Jan riss den Umschlag auf und faltete den Brief auseinander.

Die Frau und Lisa sahen ihn an.

»So eine verdammte Scheiße«, platzte es dann aus Jan heraus.

»Was ist los?«, fragte Lisa und die Frau wich zurück.

»Sorry«, entschuldigte er sich bei ihr, weil er sah, was sein Wutausbruch bei ihr ausgelöst hatte. »Sie wollen, dass ich einen Psychologen aufsuche«, sagte er dann in Lisas Richtung.

»Einen Psychologen? In unserem Fall, oder wie?«

»Nein, für mich«, fuhr er gedämpfter fort. »Ich soll mich morgen Mittag zu einem Gespräch einfinden.«

»Und weshalb? Gib mal her.« Sie nahm den Brief aus seiner Hand und las selber. »Das gibt es doch wohl nicht. Du sollst dich auffällig benommen haben? Als ob das etwas Neues wäre.« Fast hätte sie gelacht. Doch sie sah seinem Gesicht an, dass ihn die Sache irgendwie mitnahm. Ihm war nicht nach Lachen zumute. »Wirst du dahin gehen?«

»Mir bleibt wohl nichts anderes übrig«, meinte er geknickt. Irgendwie lief im Moment alles schief. »Warum lassen die uns denn nicht einfach unsere Arbeit machen, verdammt ...«.

»Ich glaube, die Nudeln sind jetzt fertig«, sagte Lisa, weil ihr nichts Besseres mehr einfiel. Es war irgendwie schwierig, so ein intimes Gespräch zu führen, wenn eine Fremde dabei war. »Lass uns später weiterreden, okay?«

Er nickte.

Jan rief nach Chief, und als dieser sich ihnen anschloss, ging auch die Frau mit ins Haus.

Die Frau hatte nach dem Essen angefangen zu gähnen, und so hatte Lisa sie gemeinsam mit Chief ins Schlafzimmer gebracht, wo sie sich dankbar auf das Bett gelegt hatte, nachdem der Hund darauf gesprungen war.

»Sie hat verdammt viel Vertrauen zu uns«, sagte Lisa, als sie in die Küche zurückkam.

Dann berichtete sie ihm, was sie in der Dienststelle veranlasst hatte.

»Das ist eine gute Idee mit den Kinderfotos«, meinte Jan. »Vielleicht ergibt sich dann eine Spur.«

»Tja, hoffentlich. Ich finde den Gedanken irgendwie unheimlich, dass man als Mensch so viele Jahre von der Bildfläche einfach verschwinden kann. Du nicht?«

»Sicher. Aber das hört man doch immer wieder. Entweder werden Kinder entführt und irgendwo eingesperrt, oder die Eltern erledigen das gleich selber und schaffen ihre Kinder in den Keller, und niemand hört oder sieht wieder etwas von ihnen.«

»Ich bin als Kind mal in meinem Zimmer eingesperrt gewesen.«

»Ach ja? Du hast bisher nicht davon erzählt.«

»So toll war das auch nicht. Ich hatte irgendwas gemacht ... hm, lass mich nachdenken, ich glaube, ich hatte das Fahrrad eines Nachbarmädchens genommen, ohne dass ich gefragt hatte. Es gab ein Riesentheater darum und mein Vater hat mich ohne Abendbrot in mein Zimmer geschickt und dann abgeschlossen.«

»Mein Gott, was sind das denn für Foltermethoden?«

»Ist dir so etwas nie passiert?«

Jan zuckte mit den Schultern. »Ich weiß nicht ... vielleicht. Ich versuche, meine Kindheit so weit es geht, zu vergessen.«

Sie hatten noch nicht so viel über ihre Kindheiten gesprochen. Und Lisa hatte das Gefühl, dass es besser war, wenn sie jetzt nicht noch weiter nachbohrte.

Raum 3

Die junge Frau im Raum gegenüber wirkte heute apathisch. Und das war eigentlich auch kein Wunder. Man hatte ihr gestern übel mitgespielt. Und sie hatte hier gesessen und alles mit angesehen. Im Stillen war sie froh gewesen, dass es sie heute nicht traf.

Zunächst waren zwei Männer in den Raum gekommen. Sie hatten der Frau eine Flasche Wein gezeigt und ihr dann ein Glas in die Hand gedrückt. Sie hatte sich geweigert, es zu nehmen. Da hatte einer der Männer in ihr Haar gegriffen und ihren Kopf damit brutal nach hinten gerissen. Sie hatte aufgeschrien, doch sie war klug genug, jetzt das Glas anzunehmen. Sie trank, bis es leer war. Dann wurde wieder nachgeschenkt.

Als sie das Glas das zweite Mal geleert hatte, zog der eine der Männer ein Seil aus seiner Jackentasche und band ihre Hände damit auf dem Rücken zusammen. Sie wehrte sich kaum noch. Sicher war etwas im Wein gewesen, dass sie wehrlos machte.

Am liebsten hätte sie jetzt weggesehen. Doch sie konnte nicht. Jemand saß hinter ihr und hielt ihr ein Messer an die Kehle. Er hatte gesagt, dass sie ja nicht wegsehen oder die Augen schließen sollte, dann würde ihr nichts passieren.

Und so sah sie jetzt, wie der jungen Frau gegenüber die Bluse aufgeknöpft wurde. Ihr Kopf war leicht nach hinten gelehnt und sie starrte blicklos auf die Männer. Als die Bluse offen war, zog der andere Mann ein Messer aus seiner Hosentasche und schnitt damit den BH vorne entzwei, so dass die Körbchen zur Seite baumelten und ihr Busen jetzt nackt war.

Sie ahnte ja, was jetzt kommen würde. Und doch wäre sie jetzt lieber gestorben, als noch weiter dahin zu sehen.

Ein Mann war hinter den Stuhl getreten und legte der jungen Frau ein Tuch um den Hals. Er wickelte es zweimal um sie herum und zog dann so fest daran, dass das Gesicht der Frau rot anlief. Ihre Zunge kam hervor und ihre Augen quollen aus den Höhlen. Der andere Mann hatte sich rittlings auf sie gesetzt und grabschte an ihren Brüsten herum. Dabei legte er den Kopf in den Nacken und wiegte seinen Unterkörper hin und her.

Der Mann hinter dem Stuhl lockerte jetzt den Schal, sonst wäre sie bestimmt gleich erstickt. Fast wünschte sie es ihr.

Die Männer tauschten jetzt die Plätze und der andere zog am Schal. Es war das gleiche Schauspiel wie eben. Lange machte sie das bestimmt nicht mehr mit. Warum vergewaltigten sie sie nicht einfach? Warum mussten sie sie quälen?

Das Messer an ihrer Kehle wurde fester in den Hals gepresst und sie hatte Angst, dass gleich Blut heraustreten würde. Sie wagte nicht, etwas zu sagen. Vielleicht war der Mann bei ihr auch so erregt, dass er gar nicht merkte, was er da tat. Sie zog ihren Kopf kaum spürbar zurück, um das Messer ein wenig zu lockern. Das hätte sie besser nicht getan. Denn im nächsten Moment jagte es an ihrem Hals entlang und in sekundenschnelle war sie tot.

Es war Spekulation, ob es von vornherein der Plan der drei Männer gewesen war, die auf der einen Seite zu zweit ein junges Mädchen quälten, während eine Frau gegenüber zusehen musste und dann auf dem Boden verblutete.

Vielleicht war es gut für sie, dass sie nicht sah, was jetzt auf der anderen Seite passierte. Einer der Männer warf die junge Frau aufs Bett und riss ihr die Hose herunter. Dann verging er sich brutal an ihr, hielt ihr den Mund zu, obwohl sie sich gar nicht mehr wehrte. Und als er fertig war, stieg der Nächste über sie hinweg.

Der Mann, der die Frau gegenüber abgeschlachtet hatte, nahm alles mit einer Kamera auf.

Als die beiden fertig waren, durfte er zur Belohnung auch noch einmal ran.

Die Schweinerei in Raum 3 wurde von zwei Frauen wieder in Ordnung gebracht. Dazu wurden sie aus Raum 4 und 5 geholt. Es war für sie zur Routine geworden und mit stoischem Blick packten sie beide mit an, als die drei Männer die Tote in einen großen Sack verschwinden ließen. Als sie rausgetragen wurde, putzten sie so lange den Boden, bis kein Tropfen Blut mehr zu sehen war.

Am nächsten Morgen spielte das Kind aus Raum 7 in Raum 3.

Der Mann in Raum 8 wunderte sich am nächsten Tag, warum das Kind nicht mehr da war. Doch er wurde reichlich entschädigt. Denn in Raum 8 saß jetzt halbnackt auf dem Bett ein Mädchen, das höchstens fünfzehn Jahre alt war.

Die Psychologin

Sie vereinbarten, dass Jan zunächst alleine in die Dienststelle fuhr und Lisa bei der Frau blieb.

»Ich werde schon einen Kollegen finden, der dich hier ablöst«, sagte er, als er losfuhr.

»Hoffentlich«, entgegnete Lisa. Immer mehr wurde es ihr klar, dass sie wahrscheinlich einen Fehler gemacht hatte.

Am gestrigen Abend hatten sie noch lange über das bevorstehende Gespräch mit der Psychologin gesprochen. Lisa fand es insgeheim etwas übertrieben, wie er darauf reagierte. Es stimmte ja, dass er sich merkwürdig verhalten hatte. Und wahrscheinlich war es für den Chef in Osnabrück ein großer Affront gewesen, dass er sich geweigert hatte, die PR-Kampagne mit Helif Number öffentlich mit zu begleiten. Aber musste er deshalb gleich zum Psychologen? Vielleicht wäre der Chef da besser aufgehoben gewesen.

Lisa räumte den Tisch ab, während die Frau ihr dabei zusah. Auch wenn sie immer noch nicht sprach, so nahm sie doch vermehrt an dem Teil, was um sie herum geschah. Solche Fortschritte hätten sie bestimmt nicht erzielt, wenn sie im Frauenheim wäre, tröstete Lisa sich darüber hinweg, dass sie jetzt hier ans Haus gefesselt war, bis Jan eine Ablösung gefunden hatte.

»Wollen wir uns nach draußen setzen?«, fragte Lisa jetzt.

Die Frau nickte tatsächlich. Und bald darauf saß sie mit ihr auf der blauen Bank in der Sonne.

Jan war mit gemischten Gefühlen zur Dienststelle gefahren. Hatten die Menschen recht, wenn sie ihn für sonderbar hielten? Vermutlich. Doch war es wirklich nötig, wie alle anderen zu sein? Wie hielten diese ihr Leben bloß aus? Doch was juckten die ihn eigentlich? Nein, er kam immer wieder zu dem Schluss, dass man ihn einfach in Ruhe lassen sollte.

Im Büro wartete bereits der Kollege, der die Kinderfotos rekonstruiert hatte. Er saß an Lisas Schreibtisch.

»Es hat ganz gut geklappt«, begrüßte er Jan und zeigte ihm kurz darauf die Bilder.

»Interessante Sache«, meinte Jan, als er die Kindergesichter von zwei Mädchen sah. »Jetzt wartet allerdings eine Heidenarbeit auf dich, weil du in den Vermisstendatenbanken der letzten … hm, sagen wir mal zwanzig Jahre suchen darfst.«

»Ich hab's geahnt«, erwiderte der andere cool. »Deshalb habe ich heute Nacht schon damit angefangen.«

»Und?«

»Bisher nichts.«

»Na dann ...«.

»Wenn es dich stört, dass ich hier arbeite, kann ich auch woanders ...«.

»Ja, kein Problem, Lisa kommt sowieso später«, antwortete Jan, doch er korrigierte sich sofort. »Nein, warte. Ich habe eine viel bessere Idee.«

Dann bat er den Kollegen, mit seinem Rechner nach Tannenhausen zu fahren, damit Lisa hierherkommen konnte.

»Ich soll mit der Verrückten da ...«.

»Sie ist nicht verrückt. Nur etwas sonderbar, würde ich sagen.«

»Und der Internetanschluss reicht dafür wirklich aus?«

»Auf jeden Fall. Es gibt keine Ausflüchte mehr.«

Jan grinste.

»Oh man, womit habe ich das nur verdient«, spielte der Kollege mit und klemmte sich einen Laptop unter den Arm.

Jan rief bei Lisa an und bereitete sie auf die Ablösung vor.

Dann setzte er sich an seinen Schreibtisch und sah lustlos auf die aktuelle Ausgabe der Tageszeitung. Ob es Sinn machte, die Kinderfotos zu veröffentlichen? Es wäre ein Versuchsballon. Aber niemand garantierte ihnen, dass die Frauen auch von hier waren. Wahrscheinlich musste man das Ganze überregional kommunizieren. Dann wäre das wieder eine Sache für Lisa, wenn der Chef darauf pochte, dass sie es auch noch öffentlich kommentierten.

Immer wieder sah er auf die Uhr. Er wunderte sich, dass Lisa immer noch nicht da war.

Dann ging endlich die Tür auf und sie kam herein.

»Sorry, ich musste dem Kollegen noch klarmachen, dass Chief nicht bissig ist«, sagte sie und ließ sich auf ihren Stuhl fallen.

»Bissig?«

»Na ja, er hat wohl ein bisschen Angst vor Hunden. Aber als ich ihm gezeigt habe, dass man Chief praktisch nur mit Leberwurstbroten zu unnötigen Ertüchtigungen überreden kann, war er schließlich einverstanden, dort zu bleiben.«

Wieder jemand, der in mein Haus eindringt, dachte Jan. Er sagte es aber nicht.

»Und hier? Gibt es was Neues?«, fragte sie und fuhr ihren Rechner rauf.

»Eigentlich nicht. Aber die Kinderfotos hat er dir ja sicher noch gezeigt.«

»Klar. Einfach genial, würde ich sagen. Wir sollten sie veröffentlichen, was meinst du?«

»Daran habe ich auch schon gedacht. Vielleich solltest du für die Sender ein öffentliches Statement dazu vorbereiten.«

»Ich?«

»Du bist telegener ...«.

»Haha ... da frag mal die Frauenwelt. Die sieht das bestimmt ganz anders.«

»Du weißt, dass ich öffentliche Auftritte hasse.«

»Allerdings. Deshalb musst ja auch du zum Psychologen und nicht ich.«

Es wurde still im Büro.

Sie war zu weit gegangen, das wurde ihr im nächsten Moment klar.

»Sorry, das wollte ich nicht sagen.« Sie sah geknickt zu ihm herüber.

»Ach, schon gut. Der Termin ist auch gleich. Besser, ich hab den Scheiß hinter mir.«

Der Termin fand in einem Büro im Dachgeschoss statt. Da versammelte sich alles, was unwichtig war, dachte Jan, als er die Stufen dorthin hinaufstieg.

Es war nicht so, dass er vor diesem Termin Angst gehabt hätte. Es behagte ihm einfach nicht, dass jemand Wildfremdes in seinem Leben herumstocherte.

Er klopfte an die Tür von Zimmer 309. Er wartete nicht ab, dass ihn jemand hereinbat und öffnete.

Er hatte sich so viel zurechtgelegt, was er dem Quacksalber an den Kopf werfen würde. Doch als er jetzt die Frau hinter dem Schreibtisch sitzen sah, wie sie durch eine große schwarze Brille auf ihren PC sah, da sackte ihm das Herz praktisch in die Hose.

»Setzen Sie sich«, sagte sie, ohne aufzusehen. »Jan Krömer, nehme ich an.«

»Ja«, antwortete er und zog bereits an dem Stuhl ihr gegenüber.

»Oh nein, lieber an den kleinen Tisch dort drüben«, bat sie. »Da redet es sich leichter.«

Jan kam sich vor wie ein kleiner Schuljunge. Doch er gehorchte. Sie hatte frische Wiesenblumen auf den Tisch gestellt. Es roch angenehm nach Wind und Freiheit.

Es ist lange her, dass ich mich auf meine Nase verlassen habe, dachte er bei sich. Wann hatte er verlernt, auf sie zu hören?

Dann hörte er, wie sie ihren Stuhl zurückschob und zu ihm herüberkam.

Er konnte kaum hinsehen, so sehr passte sie in sein Beuteschema. Sie war eine Mischung aus Virginia und Viktoria, so verrückt das auch klingen mochte. Sie hatte die großen braunen Augen von Viktoria, die ihre Brille aber lieber versteckt hatte, weil sie wohl glaubte, damit hässlich zu sein. Und sie hatte die erotische Ausstrahlung von Virginia. Das war der Supergau. Ausgerechnet dieser Frau sollte er sein Herz ausschütten? Auf gar keinen Fall, dachte er.

»Mein Name ist Viola Stern«, sagte sie und er wäre am liebsten unter den Tisch gekrochen. So viele Zufälle konnte es gar nicht geben. Ihm war jetzt schon klar, dass sie füreinander bestimmt waren. Aber wie brachte er ihr das bei?

»Ist etwas?«, fragte sie und schlug ihre Beine übereinander, nachdem sie sich gesetzt hatte. Sie trug eine verwaschene Jeans. Seine Traumfrau.

»Nein, ich war gerade nur in Gedanken«, stammelte er wie ein kleines Kind.

Es konnte nur dumm klingen, was er von sich gab, dachte er.

»Das sind sie wohl oft«, sagte sie und schob ihre Brille mit ihren langen schlanken Fingern hoch. Ihre Nägel waren schwarz lackiert und spielten mit ihren dunklen schulterlangen Haaren, die aus der Spange, die sie hinten am Kopf trug, gesprungen waren.

»Möchten Sie mir was von sich erzählen?«, fuhr sie fort, als er nichts sagte.

Er schüttelte den Kopf.

»Aber nur so kann ich Sie wieder befreien«, sagte sie und grinste. Sie schien zu spüren, dass er Wachs in ihren Händen war. »Ich bin mir sicher, dass Sie sich wünschen, dass ich den Bericht so positiv und so schnell wie möglich nach Osnabrück schicke, damit Sie mich wieder los sind.«

Na ja, eigentlich nicht, dachte Jan. »Klar«, sagte er laut. »Es gibt einen wichtigen Fall, den ich mit meiner Kollegin zu lösen habe. Alles ist wichtiger als ich selber.«

»Ein interessanter Aspekt«, sagte sie, »soll ich uns einen Kaffee kommen lassen, was meinen Sie?«

»Gerne«, antwortete er und fügte in Gedanken hinzu, dass man sie beide hinterher einschließen und den Schlüssel wegwerfen sollte. Dieser Gedanke wiederum brachte ihn in die Realität zurück.

Viola drückte auf den Knopf einer Gegensprechanlage, die auf dem Tisch stand und orderte für jeden ein Kännchen.

»So einen Knopf hätte ich für unser Büro auch gerne«, sagte Jan und grinste das erste Mal.

Oh Gott, dachte sie, wie soll ich die nächste Stunde überstehen, ohne ihm um den Hals zu fallen und ihn überall zu küssen. Es wurde ihr ganz heiß und sie lockerte den dunklen Seidenschal, den sie sich um den Hals geschlungen hatte. Männer, die so grinsten, brauchten einen Waffenschein.

Sie räusperte sich und fuhr mit ihrer Hand durch ihr Haar, so dass die Spange am Hinterkopf völlig aufgab und auf ihre Schulter rutschte.

»Oh, so ein Mist«, sagte sie.

Jan kommentierte das Missgeschick nicht, fand aber, dass ihre Haare, die in weichen Locken auf ihre Schultern fielen, geradezu dazu einluden, mit den Händen dadurch zu fahren. Mit seinen Händen.

Es wurde an die Tür geklopft und der Kaffee wurde hereingebracht. Das löste die knisternde Situation fürs Erste auf.

»Ja«, fuhr sie dann fort, als sie einen ersten Schluck getrunken hatte. »Mein Auftrag ist eindeutig. Ich wurde von Ihrem Chef beauftragt, Sie wieder in die Spur zu bringen. Ich will Ihnen da nichts vormachen, er hält im Moment nicht viel von Ihnen.«

»Oh, das beruht wohl auf Gegenseitigkeit«, antwortete Jan. »Hat er das wirklich so ausgedrückt? Ich meine, das mit der Spur?«

Sie nickte. »Ja. Er hat ein Gespräch mit mir geführt, bevor ich hierher kam. Er schätzt Ihre Arbeit sehr, das ist es nicht. Aber er findet, dass Sie mehr und mehr den Bezug zu Ihrer Umwelt verlieren.«

Und was geht den Arsch das an?, dachte Jan.

»Gerade bei Ihrem letzten Fall ist es ihm besonders aufgefallen, weil Sie sich geweigert haben, die Polizei und somit Ihre Arbeit, in der Öffentlichkeit zu vertreten.«

»Ich weiß, worauf er anspielt«, sagte Jan. »Aber, was er da vorhatte, war ein widerliches Affentheater. Ich wollte da nicht mitmachen, das war alles.«

»Sie müssen nicht glauben, dass ich auf der Seite Ihres Chefs wäre«, sagte sie, als sie spürte, wie sauer Jan war. »Ich bin in dieser Sache völlig neutral und höre mir beide Seiten an. Ich habe von Helif Number gelesen und ehrlich gesagt, ich kann nachvollziehen, dass Sie da nicht mitspielen wollten.«

»Ich verstehe, dass Sie nur Ihren Job machen«, lenkte Jan ein. Es war nicht ihre Schuld, dass sie jetzt hier saßen. »Aber wenn Sie wirklich etwas für mich tun wollen, dann kommen Sie mit mir nach Hause.«

Sie machte ein verdutztes Gesicht.

»Nein, nicht so, wie Sie jetzt vielleicht denken«, lächelte Jan. »Es geht um unseren aktuellen Fall. Bei mir zuhause ist eine Frau, die nicht spricht. Aber sie scheint eine wichtige Rolle als Zeugin zu spielen. Vielleicht auch als Opfer, das kann ich noch nicht abschätzen. Aber ich könnte mir vorstellen, dass Sie als Psychologin einen Zugang zu ihr finden könnten.«

»Die Frau ist bei Ihnen zuhause?« Sie sah ihn ungläubig an.

»Ja, das ist eine längere Geschichte. Aber jetzt ist es wichtig, dass sie aussagt, was mit ihr geschehen ist. Wenn meine Vermutung richtig ist, dann steht die Tote, die jetzt auf einem Friedhof in Moordorf gefunden wurde, in direktem Zusammenhang zu ihr. Aber alles ist bisher nur sehr vage. Wir würden wirklich ein gutes Stück weiterkommen, wenn Sie uns helfen.«

Nachdenklich sah sie ihn an. Dann stellte sie ihre Kaffeetasse zurück auf den Tisch und legte die Hände verschlungen in ihren Schoß.

»Herr Krömer ...«.

»Nennen Sie mich gerne Jan.«

»Also gut, Jan. Ich kann verstehen, dass Ihnen alles wichtiger erscheint als dieses von Ihrem Chef gewünschte Gespräch. Aber mir sind die Hände gebunden. Er erwartet meinen Bericht in einer Woche. Soll ich ihm dann wirklich erzählen, dass ich bei Ihnen zuhause war und versucht habe, eine Zeugin zu beeinflussen?«

»So in der Art«, sagte Jan trocken. »Ganz ehrlich, es ist mir egal, was Sie in Ihren Bericht schreiben und das meine ich gar nicht böse. Erfinden Sie irgendetwas. Schreiben Sie, dass ich Reue gezeigt habe und Besserung gelobe oder irgendetwas in der Art. Ich unterschreibe alles, damit man in Osnabrück zufrieden ist. Viel wichtiger als dieser ganze Quatsch ist für mich, dass ich den Fall löse. Werden Sie mir dabei helfen?«

Er setzte seinen schönsten melancholischen Blick ein und dieser verfehlte seine Wirkung nicht.

»Okay, Jan, Sie haben gewonnen. Was muss ich tun?«

»Kommen Sie heute Abend zum Essen zu uns. Wir stellen Sie als eine gute Bekannte aus der Kriminaltechnik vor. Oder was auch immer. Ich glaube nicht, dass es die Frau interessieren wird.«

Er schrieb ihr seine Adresse in Tannenhausen auf einen Post-it-Zettel und verließ das Zimmer.

Kindergesichter

Der Kollege hatte sich an den Hund gewöhnt und auch die Frau machte ihm keine Sorgen. Sie saß auf dem Sofa und sah zum Fenster heraus, während er sich durch die Datenbanken scrollte.

Chief hatte sich irgendwann draußen unter einen Busch gelegt und schlief.

Hin und wieder glaubte er, einen Treffer zu landen. Doch bei sechzig Prozent Übereinstimmung fiel dann alles recht schnell wieder in sich zusammen. Im Prinzip gefiel ihm die Situation mit der Zeit immer besser.

So gemütlich war es im Dienstgebäude wahrlich nicht. Und sogar der Kaffee schmeckte endlich mal.

Er wusste, dass die Frau auf dem Sofa nicht sprach. Und sie reagierte auch nicht, wenn er vor sich hinmurmelte bei der Arbeit.

Es war gegen fünfzehn Uhr, seine Augen waren gereizt und am liebsten hätte er jetzt ein kleines Nickerchen auf dem Sofa gemacht, da wurde er plötzlich wieder hellwach.

War das die Tote?, dachte er, als er auf eine Vermisstenanzeige aus dem Jahr 1996 stieß. Es ging um eine Kindesentführung in Marburg. Die Eltern hatten während einer Urlaubsreise Rast an einer Tankstelle gemacht. Während der Vater zahlte und die Mutter zur Toilette gegangen war, war die Tochter, die sechsjährige Stefanie Wagner, aus dem Wagen entführt worden. Niemand hatte es gesehen. Die Eltern standen unter Schock. Von dem Mädchen fehlte bis heute jede Spur.

Er rieb sich übers Gesicht und studierte noch einmal genau jeden Gesichtszug und verglich ihn mit der Rekonstruktion, die er anhand des Fotos von Lisa gemacht hatte. Seine Adern waren unter Strom, Adrenalin pulsierte pur darin und er hätte am liebsten bei ihr angerufen. Immer wieder kontrollierte er Augen, Nase, Mund. Doch, es könnte wirklich ein Treffer sein. Schließlich nahm er sein Handy und rief an.

»Wirklich? Bist du sicher?«, rief Lisa in den Hörer.

»Ich denke schon. Natürlich kann es sein, dass …«.

»Egal, schickst du mir bitte die Dateien?«

»Sicher.«

»Danke.«

Sie legten auf.

»Eine Spur?«, fragte Jan, der sich nach dem Gespräch mit der Psychologin hinter seinem Schreibtisch verschanzt hatte, nachdem er Lisa erzählt hatte, dass sie am Abend zu ihnen nach Hause käme.

Na, du gehst aber ran, hatte sie schmunzelnd gesagt und er hatte sie über die Umstände aufgeklärt. Klar, hatte sie gegrinst. Und was würde sie erst sagen, wenn sie die Psychologin sah? Es konnte Lisa nicht verborgen bleiben, dass Viola Stein genau in sein Beuteschema passte. Spaß machten ihm diese Gedanken nicht.

»Ja, wahrscheinlich hat der Kollege die Identität der Toten ermittelt. Er schickt mir gleich die Daten.«

»Mensch, das wäre ein großer Schritt.«

»Ja ... oh, ich habe eine Mail.«

Jan kam zu ihrem Schreibtisch herüber und sah ihr über die Schulter, als sie diese öffnete.

»Kindesentführung 1996«, las Lisa laut vor. »Verdammt lange her. Eine Stefanie Wagner aus Oldenburg, die auf einer Raststätte in Marburg entführt wurde.«

»Und jetzt taucht sie tot wieder auf«, meinte Jan. »Und sie passt vielleicht zu unserer stummen Frau. Jedenfalls vom Alter her. Was ist, wenn sie auch als Kind entführt worden ist?«

»Immer langsam«, mahnte Lisa. »Noch wissen wir nicht, ob diese Fälle zusammengehören.«

»Zweifelst du wirklich noch daran?«

»Mein Gefühl nicht.«

»Kümmerst du dich um die Eltern? Sie müssen die Tote identifizieren. Das würde uns ein gutes Stück weiterbringen.«

»Klar, mach ich. Aber ob sie sie wirklich erkennen? Immerhin sind über zwanzig Jahre vergangen.«

»Es ist einen Versuch wert. Und wenn sie noch in Oldenburg wohnen, dann haben sie es ja auch nicht weit in die Gerichtsmedizin.«

»Gut, ich werde sie anrufen«, sagte Lisa.

»Okay. Und ich werde gucken, ob ich noch mehr über eine Stefanie Wagner herausfinden kann. Vielleicht taucht sie irgendwo in sozialen Netzwerken oder so auf, wer weiß.«

Er ging wieder hinüber zu seinem Schreibtisch.

»Sie haben es ziemlich gefasst aufgenommen«, sagte Lisa, als sie nach einer halben Stunde die Eltern ausfindig gemacht und angerufen hatte. »Vielleicht ist es sogar gut, dass sie jetzt Gewissheit haben.«

»Wann werden sie in die Gerichtsmedizin kommen?«

»Noch heute. Ich habe einen Termin für siebzehn Uhr vereinbart.«

»Dann sollten wir auch dahin fahren. Mich interessiert, was das für Leute sind.«

»Gut. Ich sage in Oldenburg Bescheid.«

Jan rief unterdessen bei dem Kollegen an, der auf seinem Hof arbeitete. Er erklärte ihm, dass sie etwas später als geplant zurückkommen würden. Doch gegen neunzehn Uhr seien sie bestimmt da. Der Kollege ließ sich schließlich mit Pizza und Bier bis zum Abwinken überreden und bestellte gleich etwas beim nächsten Italiener auf Jans Rechnung, als er aufgelegt hatte.

Jan rief bei Viola Stern an und gab ihr Bescheid, dass es ausreichte, wenn sie statt um neunzehn Uhr, erst um neunzehn Uhr dreißig käme.

Danach bestellte er etwas beim Chinesen, was er auf dem Weg nach Tannenhausen abholen wollte.

»Man, was für ein Stress, ich komme mir vor wie der Partyservice von Tannenhausen«, seufzte er, als endlich alles geregelt war.

»Wir haben noch etwas Zeit. Was meinst du, sollen wir noch bei den Wiechers vorbeifahren, bevor es nach Oldenburg geht? Wir haben ja noch gar nicht weiter mit Henrike gesprochen.«

»Ja, können wir machen. Besser, als hier zu sitzen und Däumchen zu drehen.«

Sie stiegen in den Wagen und fuhren nach Moordorf.

Der große Hof wirkte gemütlich mit den Astern vor der Tür. Henrike war gerade damit beschäftigt, einen Tee zu kochen und Rosinenbrote für den gemütlichen Nachmittag vorzubereiten. Das gab es immer, wenn Wilhelm nach der Arbeit nach Hause kam. Oft brachte er dann sogar noch warmen Rosinenstuten aus der Bäckerei mit.

Sie wunderte sich, wer um diese Zeit vor ihrer Tür stand und machte auf.

»Lisa Berthold, Kripo Aurich. Und das ist mein Kollege Jan Krömer. Wir möchten Sie gerne kurz sprechen wegen der Toten, die sie auf dem Friedhof gefunden haben.«

»Oh«, sagte Henrike und sah auf ihre Armbanduhr.

»Es wird nicht lange dauern.«

»Na gut. Kann ich Ihnen vielleicht einen Tee anbieten? Ich mache gerade welchen, weil mein Mann gleich von der Arbeit kommt.«

»Danke, aber nein«, sagte Lisa. »Wir wollen Sie wirklich nicht lange aufhalten. Wir wollten nur noch einmal aus Ihrem Munde erfahren, was sich an diesem Vormittag zugetragen hat, als sie dort das Grab Ihrer Schwiegereltern besucht haben. Das stimmt doch?«

»Ja, sicher stimmt das«, antwortete Henrike und bot den beiden an, am Esstisch Platz zu nehmen. »Ich mache das öfter mal und fahre mit dem Fahrrad dorthin. Das Wetter war schön …«.

»Und dann haben Sie die Tote auf einem der Gräber entdeckt?«

Sie nickte. »Ja, so war es. Ich habe mich total erschrocken und habe die Polizei gerufen.«

»Und während der ganzen Zeit ist Ihnen niemand aufgefallen? Ich meine jemand, den sie nicht kennen?«

»Um diese Zeit sind nie viele Menschen auf dem Friedhof. Da war auch keiner. Ab und zu fuhr mal ein Auto vorbei. Das ist ja normal.«

Lisa nickte.

»Wissen Sie denn schon, wer die Tote ist?«, fragte Henrike.

»Wir nehmen es an, aber ganz sicher werden wir wohl erst morgen sein können, wenn die Eltern die Tote identifiziert haben.«

»Ach, die armen Leute. Es muss schrecklich sein, wenn das Kind vor einem stirbt.«

»Sie haben keine Kinder?«

Henrike schüttelte mit dem Kopf. »Nein, es war uns nicht vergönnt. Aber man arrangiert sich eben. Wir haben hier eine gute Nachbarschaft, und als die Kinder der anderen klein waren, da habe ich oft auf sie Acht gegeben. Sie kommen selbst heute noch zu uns, obwohl sie alle erwachsen sind.«

»Ja, das ist wirklich schön«, sagte Lisa und sah, wie Jan die Augen verdrehte und zum Fenster ging.

»Ein wunderschöner Hof dort drüben«, sagte er, um das Thema zu wechseln.

»Ja, oh, das ist der Hof der Meinders«, sagte Henrike und kam ebenfalls zum Fenster. »Sie hatten auch mal eine Landwirtschaft, genau wie wir. Aber das ist lange her.«

»Es geben viele auf«, sagte Jan. »Es ist ein Trauerspiel, wie sich die Sache entwickelt. Sicher hat Ihr Nachbar sich eine andere Arbeit gesucht.«

»Ja, genauso wie mein Wilhelm. Er ist jetzt in einer Bäckerei und das macht ihm auch Spaß. Und der Alfred, der hat was als Elektriker gefunden. Man muss ja sehen, wo man bleibt. Aber das war bestimmt nicht ihre größte Sorge.«

Sie sah plötzlich mitleidig aus dem Fenster.

»Wie meinen Sie das?«

»Na ja, die Wiebke ... ach, eine ganz schreckliche Sache. Alfred hat sie unter den Trecker bekommen.« Sie seufzte auf.

»Wiebke war seine Tochter, nehme ich an.«

Sie nickte. »Mein Gott, war das schrecklich, als die Wiebke beerdigt wurde. Das ganze Dorf hat geweint.«

»Ja, es passieren wirklich schlimme Dinge«, mischte sich Lisa ein. »Langsam sollten wir uns auf den Weg nach Oldenburg machen.«

Und dann kam auch Wilhelm durch die Tür.

Erstaunt sah er in die fremden Gesichter.

»Das ist die Polizei«, erklärte seine Frau. »Sie wollten mich nochmal befragen.«

»Richtig«, bestätigte Lisa und stellte sie beide erneut vor. »Aber jetzt müssen wir auch schon wieder los.«

Henrike wandte sich wieder ihrem Teepott zu und Wilhelm zog seine Schuhe im Flur aus.

Jan und Lisa gingen zum Wagen.

»Du wirst immer so melancholisch, wenn du alte Höfe siehst«, sagte Lisa, als sie losfuhren.

»Das ist ja auch kein Wunder. Mit den Landwirten stirbt das Leben auf dem Land.«

»Ja, alles nur noch Großbetriebe, ich weiß.«

Sie schwiegen auf der weiteren Fahrt und Lisa checkte ihre Mails über ihr Smartphone. Warum mache ich das eigentlich?, fragte sie sich. Würde es nicht auch genügen, wenn sie die Nachrichten las, wenn sie wieder in der Dienststelle war? Und auch zuhause warf sie neuerdings andauernd einen Blick auf das blöde Ding.

Nach einer guten halben Stunde kamen sie früher als erwartet bei der Gerichtsmedizin an.

Die Eltern waren noch nicht da und so unterhielten sie sich noch alleine mit dem Gerichtsmediziner. Neues erfuhren sie allerdings nicht.

Dann wurde endlich an der Tür auf der Besucherseite geklingelt.

Andreas und Simone Wagner wirkten gefasst. Sie war groß und schlank, er etwas kleiner und schon mit deutlichem Bauchansatz.

»Kommen Sie doch herein«, bat Lisa. »Sicher ist es auch nach so vielen Jahren nicht leicht für Sie, das kann ich mir vorstellen.«

Der Mann nickte und sie sagte: »Es wird nie leicht sein, auch wenn wir jetzt endlich unsere Stefanie begraben können.«

»Gut, wenn Sie bereit sind, dann ...«.

Sie nickten.

Der Gerichtsmediziner ging voraus und zog kurz darauf ein weißes Tuch von dem Gesicht der Toten.

Simone Wagner kam als Erstes an den Tisch heran. Ihr Atem ging flach, ihre Ader am Hals pulsierte leicht.

Was für ein Gefühl muss das sein?, dachte Jan, als er die Frau dabei beobachtete, wie sie akribisch die

Gesichtszüge ihrer vermeintlichen Tochter studierte. In aller Ruhe und sehr gefasst.

Andreas Wagner stand jetzt neben seiner Frau und griff nach ihrer Hand.

»Sie ist es«, flüsterte Simone. Erste Tränen liefen lautlos ihre Wangen hinab.

»Sind Sie sicher?«, fragte Lisa mitfühlend.

»Ja, ich bin ganz sicher«, bestätigte Simone. »Eine Mutter erkennt ihr Kind.«

»Dann lassen wir Sie jetzt einen Moment mit Ihrer Tochter alleine«, sagte Lisa und die Drei verließen den Raum.

»Das ist ein erster Schritt in die richtige Richtung«, sagte Jan, als sie im Büro des Gerichtsmediziners warteten. »Die Frage ist nur, was mit ihr in der ganzen Zeit geschehen ist. Wo war Stefanie so lange? Warum taucht sie jetzt ermordet wieder auf?«

Der Gerichtsmediziner saß bereits an seinem Rechner und tippte die Daten der Eltern in seinen Bericht. Für ihn wäre der Fall mit der Identifizierung abgeschlossen, wenn keine weiteren Fragen auftauchten.

Dann kamen die Eltern wieder heraus und Lisa ging zu ihnen.

»Darf ich Ihnen noch ein paar Fragen stellen?«

Simone nickte.

»Wir haben einen Bericht gelesen, wonach Ihre Tochter auf einem Rastplatz in Marburg entführt wurde.«

»Das stimmt«, sagte der Vater. »Wir waren auf dem Weg an die Mosel. Es sollte ein schöner Urlaub werden.«

Simone seufzte. »Ja, das sollte es …«.

»Und Sie haben in den ganzen Jahren nie wieder etwas von Stefanie gehört? Ich meine, gab es vielleicht ein Erpresserschreiben oder Ähnliches?«

»Nein, nichts«, antwortete Simone. »Es war, als hätte es Stefanie nie gegeben.«

»Die Polizei hat damals alles getan«, sagte der Vater. »Denen geben wir keine Schuld.«

Lisa verstand, was er meinte. »Gut, dann können Sie jetzt gehen.«

Die Freigabe der Tochter würde sich aber noch ein wenig verzögern, erklärte Lisa behutsam. Aber das war den Eltern egal. Sie konnten jetzt endlich ihren Frieden schließen.

Ein Versuch

Jan und Lisa schafften es gerade noch, vor der Psychologin in Tannenhausen anzukommen.

Der Kollege, der solange dort gewartet hatte, stopfte gerade die Ränder seiner zweiten Pizza in Chief, und machte einen zufriedenen Eindruck.

»So ein einsamer Hof ist schon was Feines«, sagte er und ließ geräuschvoll Luft entweichen. Auf der Spüle standen drei leere Bierflaschen, die sein Benehmen erklärten.

»Okay«, sagte Jan leicht nervös. »Du kannst jetzt gehen.«

Er ließ die Bierflaschen im Mülleimer verschwinden und packte das Essen vom Chinesen in den Backofen, um es warmzuhalten, bis Viola Stern eintraf.

»He, erst darf ich hier den ganzen Tag rumhocken und dann werde ich im hohen Bogen rausgeschmissen?«, beschwerte sich der Kollege, als Lisa ihn zu seinem Wagen bugsierte.

»Er meinte es nicht so«, lachte Lisa. »Aber gleich kommt noch eine wichtige Zeugin.«

»Hierher?«

»Ja, warum denn nicht.«

Sie hatte nicht vor, ihm die ganze Wahrheit zu sagen. Es musste nicht die Runde machen, dass die Polizeipsychologin jetzt auch noch bei Jan ein und aus ging.

Als Lisa wieder reingehen wollte, sah sie einen roten Mini Cooper auf den Hof zusteuern. Das musste die Psychologin sein. Deshalb blieb sie gleich draußen stehen, um sie reinzulassen.

Der kleine Wagen hielt kurz darauf, und schon, als Lisa die Frau nur hinter der Seitenscheibe erahnen konnte, ahnte sie Böses.

Dann stieg sie aus und in Lisa fiel ein Kartenhaus zusammen. Diese Frau war der reinste Supergau. Wie sollte Jan dieser Frau auch widerstehen können? Kein Wunder, dass er sie in den Fall involvierte. Wenn sie richtig lag, dann konnte sie sich wohl abschminken, hier jemals wieder auf den Hof zu ziehen.

»Hallo, ich bin Viola Stern. Jan Krömer erwartet mich.«

»Ja, ich bin Lisa. Die Kollegin.«

»Ah, Sie arbeiten an dem Fall mit ihm.«

Lisa nickte. Während die Amazone vor ihr im dunkelblauen wadenlangen Kleid wie gemalt dahinschritt, kam sie sich vor wie das hässliche Entlein.

Verdammt, warum machte ihr Leben jetzt wieder diese Rolle rückwärts?

»Hallo Jan«, sagte Viola, als sie in die Küche kam.

»Oh, Sie sind schon da?« Er warf einen vielsagenden Blick in Richtung Lisa. Er war noch gar nicht soweit, deutete sie ihn.

»Ich komme hoffentlich nicht zu früh?«

»Nein, wir kommen nur gerade erst aus der Gerichtsmedizin in Oldenburg. Die Tote vom Friedhof konnte identifiziert werden.«

»Na, das ist doch toll.«

Viola sah jetzt zu dem Sofa, wo die stumme Frau saß.

»Ist sie das?«

Jan nickte. Er hatte sie schon ganz vergessen. Irgendwie gehörte sie mittlerweile zum Inventar. Lautlos und sicher bald verstaubt, wenn nicht etwas Entscheidendes geschah.

»Ich werde mich mal zwanglos zu ihr an den Tisch setzen«, schlug Viola vor.

»Okay. Ich bereite das Essen vor«, erwiderte Jan und Lisa dachte, sie wäre im falschen Film. So emsig hatte er sich noch nie um das Essen für sie gekümmert.

Aber sie konnte Jan verstehen. Er musste völlig neben sich stehen bei dieser Frau. Sie war die fleischgewordene

Verführung und ein großes Risiko für Jan. Seine Beziehungen zu Traumfrauen endeten immer tragisch. Hatte er das denn immer noch nicht kapiert?

Sie half ihm, den Tisch zu decken.

»Guten Tag, ich bin Viola«, sagte die Psychologin zu der Frau auf dem Sofa.

Diese starrte sie nur unverwandt an.

»Sie haben einen schönen Hof«, sagte Viola jetzt zu Jan und Lisa nickte dazu. »Hier kann man sicher wundervolle Abende verbringen.«

»Oh ja«, sagte Lisa ungewollt spitz.

Jan warf ihr einen irritierten Blick zu. Natürlich, er war nicht dumm. Sie war eifersüchtig. Und das war auch kein Wunder.

Dann stand endlich alles bereit und sie taten sich alle etwas auf den Teller.

Nur die Frau rührte sich nicht und Lisa machte es für sie und reichte ihr das Essen. Sie nahm es und begann sofort, den Reis und das Gemüse in sich reinzuschaufeln.

Viola versuchte, nicht auf die Frau zu starren.

Und dann kam Chief in die Küche.

»Was ist das?«, rief Viola aus. Sie zuckte zurück und drückte sich an den Stuhl.

»Keine Angst, er sieht nur aus wie ein Bär, ist aber einfach nur ein Hund«, lachte Lisa. Eins zu null für sie, wenn Viola keine Hunde mochte.

»Er tut nichts«, sagte Jan. »Chief, komm her zu mir«, rief er und der Hund watschelte auf ihn zu. Doch er ging nicht zu Jan, sondern sprang zu der Frau aufs Sofa.

»Die beiden scheinen sich ja gut zu verstehen«, stellte Viola fest.

»Ja, es ist komisch. Sie haben einen guten Draht zueinander. Gleich von Anfang an.«

Viola entspannte sich. »Es ist nicht so, dass ich etwas gegen Hunde hätte, aber er ist doch ein bisschen groß, wenn man ihn unverhofft sieht.«

»Sicher«, sagte Lisa. »Man muss schon was für Tiere übrighaben, um so einen Globetrotter zu mögen.«

Viola zog die Stirn kraus. Sie konnte mit Lisas Verhalten im Moment nichts anfangen, ahnte aber natürlich, was es damit auf sich hatte. Ihr waren die kleinen Pfeile nicht entgangen, die in ihrem Nacken steckten.

Die Drei sahen jetzt der Frau dabei zu, wie sie sich von Chief die Hände abschlecken ließ.

Sie aßen zu Ende und Jan und Lisa räumten den Tisch ab und gingen dann unter einem Vorwand nach draußen.

»Ich habe leider noch nie das Glück gehabt, auf so einem schönen Hof zu wohnen«, sagte Viola zu der Frau, als sie alleine waren. »Und Sie?«

Die Frau sah auf ihre Hände und dann zum Fenster.

Sie versteht mich, dachte Viola. Aber sie wird nicht reden. Das war ihr in diesem Moment klar. Da war etwas in ihren Augen. Angst. Ja, diese Frau, sie hatte Angst. Das hatte sie schon die ganze Zeit gedacht, wenn sie heimlich zu ihr herübergesehen hatte beim Essen. Einzig der Hund genoss ihr volles Vertrauen. Vor Menschen, und taten sie auch noch so nett, vor Menschen hatte sie Angst. Dafür musste es einen Grund geben. Und wenn es stimmte, was Jan sagte, dann war es vielleicht nur Glückssache, dass sie überhaupt noch lebte. Die andere Frau auf dem Friedhof war tot. Vielleicht hatte man auch die Frau auf dem Sofa töten wollen und sie war davongekommen. Warum auch immer.

Chief lag noch immer neben ihr und hatte seinen Kopf jetzt in ihren Schoß gelegt. Aus irgendeinem Grund fühlte sie sich, trotz ihrer Angst, bei Jan und Lisa sicher.

Doch sie, Viola, war eine völlig Fremde. Wie hatte Jan nur darauf kommen können, dass sie sie zum Sprechen bewegen konnte? Eigentlich eine absurde Idee, die nur von einem Mann stammen konnte.

»Ich liebe gelbe Blumen«, fuhr sie trotzdem fort. Sie musste das Vertrauen der Frau ja noch gewinnen. »Am liebsten mag ich gelbe Freesien ... oder auch gelbe Rosen. Haben Sie schon einmal im Sommer an einer gelben Rose gerochen, die in einem Garten gewachsen ist? Wissen Sie, das ist etwas ganz anderes, als diese lieblos hochgezogenen aus großen Gewächshäusern.«

Sie nahm ihren Saft und trank einen Schluck.

Plötzlich machte die Frau es nach.

Ob das Zufall war? Oder nahm sie hier eine Unterhaltung mit ihr auf, indem sie das Gleiche tat? Sollte das vielleicht eine Art Bestätigung sein? Wollte sie reden, aber konnte nicht? Es konnte so vieles bedeuten.

»Als Kind habe ich gerne Vanilleeis mit Erdbeersoße gegessen.« Viola lehnte sich auf den Tisch und sah mit der Frau zum Fenster. »Als Kind ist das Leben noch so leicht, finden Sie nicht?«

Die Frau legte den Kopf schief. Doch sie sah sie nicht an.

»Meine Eltern sind immer mit mir in einen Tierpark gegangen. Am Anfang habe ich nicht verstanden, warum Giraffen einen so langen Hals haben.«

Viola lachte. Und sie meinte, ein Lächeln über das Gesicht der Frau huschen zu sehen.

Sie beschloss, es für heute gut sein zu lassen. Vertrauen baute man langsam auf.

Sie ging zum Fenster und machte Jan ein Zeichen, dass sie wieder reinkommen konnten.

»Ich fürchte, ich muss jetzt gehen«, sagte sie dann zu Jan, »aber es war wirklich ein wunderbares Essen. Vielen Dank für die Einladung.«

»Ich bringe Sie noch zur Tür«, sagte Jan.

Lisa schnappte sich ihr Handy, als die beiden rausgingen.

»Und?«, fragte Jan, als er mit Viola draußen vor der Tür stand.

»Ich weiß nicht. Es wird schwer werden. Aber ich habe den Eindruck, dass sie schon etwas sagen möchte. Aber sie kann nicht.«

»Hm ... den Eindruck haben wir auch schon gehabt.«

»Es ist toll, wie sehr sie euch vertraut. Das ist glaube ich keine Selbstverständlichkeit. Wenn du willst ... oh, ich meine ...«.

»Schon gut, wir sollten uns duzen«, sprang Jan sofort darauf an.

»Wir müssen es denen in Osnabrück ja nicht erzählen«, sagte Viola verschwörerisch und sah ihn mit ihren großen braunen Augen an.

»Nein, müssen wir nicht.« Seine Knie wurden weich.

»Ich werde denen einen Bericht schicken, damit die zufrieden sind. Aber erst in einer Woche. Die glauben mir niemals, dass ich dich nach einem Tag weichgekocht habe.« Sie lachte.

»Du bist ganz schön gerissen. Aber wir sehen uns doch trotzdem wieder, oder?«

Sie antwortete nicht, sondern stieg mit vielsagendem Blick in ihren Wagen.

Raum 8 bitte in Raum 7

Er hatte es schon geahnt, als er das Mädchen in Raum 8 gesehen hatte. Wo auch immer sie die neuen Frauen oder besser gesagt Kinder herbekamen. So langsam hatte er das Gefühl, dass er der einzige Mann hier war.

Sie holten ihn um einundzwanzig Uhr ab. Zwei Personen, die Skimasken trugen. Es war immer das gleiche Spiel. Vielleicht war es ein Ritual.

Eine halbe Stunde vorher hatte ihm jemand eine blaue Tablette gebracht, damit es keine Schwierigkeiten gab.

Es war ja nicht so, dass er keine Bedürfnisse in die Richtung gehabt hätte. Aber auf Kommando, das ging auch nicht immer.

Sie zogen ihm auch eine Skimaske über den Kopf und packten ihn bei den Armen. Sie verließen Raum 8 mit ihm und zogen ihn über einen Flur. Das waren immer die schönsten Momente für ihn, wenn er mal etwas anderes als den Mief des Zimmers riechen konnte, das er sonst niemals verließ.

Dadurch beflügelt stieg auch eine gewisse Erregung in ihm auf.

Er würde seinen Job machen. Tat das, was sie von ihm verlangten.

Das war besser für ihn. Und letztlich auch für die Frau.

Er hatte schon mal nein gesagt. Das Ergebnis waren zwei gebrochene Arme gewesen. Sie hatten brutal darauf eingetreten, um ihn zum Umdenken zu bewegen. Als das nicht klappte, kam der höllische Schmerz. Sie wussten, er würde nie wieder nein sagen. Sie hatten ihn an den verletzten Armen gepackt und in Raum 8 geschleift. Auf dem Weg dorthin war er ohnmächtig geworden.

Dann kamen sie in Raum 7 an. Einer zog ihm die Skimaske vom Kopf und hielt ihm ein Glas hin. Auch das war immer dasselbe. Er musste ein Wasserglas voll mit billigem Whisky trinken. Doch das machte er gerne. Das war sozusagen sein Vorschuss. Sonst gab es nie Alkohol für ihn. Nur, wenn er zu einem Einsatz musste. So nannte er das, was jetzt kommen würde, für sich.

Er kippte den Whisky in großen Zügen herunter. Es brannte angenehm in seinem Hals. Später dann im Magen. Seine Erregung steigerte sich, als er einen Blick auf das Mädchen warf. Sie ließen sich immer etwas Neues einfallen.

Sie saß auf ihrem Bett, als hätte sie kein Gesicht. Nur ihr junger noch unverbrauchter Körper war im fahlen Licht, das von der Nachttischlampe zu ihm herüberschien, zu sehen. Ihre Brüste waren klein und fest. Und das war es doch, worauf es Männern ankam.

Vielleicht hatten sie deshalb ihr Gesicht mit schwarzem Klebeband bedeckt. Nur oben am Kopf, da sah man noch ihr blondes Haar.

Einer der Männer schob ihn zum Bett hin und sagte: »Los.«

Besser, er brachte es hinter sich.

Ein Hauch von Herbst

Lisa hatte die letzte Wache auf dem Sofa geschoben und setzte jetzt einen Kaffee an, weil sie keine Ruhe mehr fand.

Die ganze Nacht hatte sie tausend Gedanken hin und her gewälzt und sich gefragt, was bloß mit den Frauen geschehen sein konnte. Stefanie Wagner war entführt worden. Das stand fest. Und der Frau, die jetzt in ihrem Bett lag, konnte Ähnliches zugestoßen sein. Wenn sie nur endlich ihre Identität herausfänden.

Es war bestimmt kein Zufall, dass die Frauen ausgerechnet in dieser Gegend auftauchten. Irgendwo hatte jemand Kinder entführt. Und das vor vielen Jahren. Aber warum ließ er sie dann jetzt wieder frei oder legte sie tot auf einen Friedhof?

Sie hatte sich noch so sehr den Kopf zermartern können, es fiel ihr keine plausible Erklärung dafür ein. Nun ja, oder doch. Es hatte schon Entführungsfälle gegeben, wo die Frauen misshandelt und missbraucht worden waren über Jahre. Was sonst sollte eine Erklärung sein? Welche Motive hatten Männer denn sonst? Es ging doch immer nur um das eine.

Chief schlich um ihre Beine herum und streckte sich. Er hatte wieder die ganze Nacht bei der Frau gewacht. Tiere hatten einen wunderbaren Instinkt.

»He, du bist schon auf?« Jan stand in der Küchentür. Sein Anblick tat ihr weh. Er sah so verdammt gut aus. »Was ist los?«, fragte er, als sie nicht antwortete.

»Was? Ach nichts. Ich habe mir die ganze Nacht den Kopf zerbrochen, was dahinter stecken könnte.«

»Ja, ging mir auch so. Hoffentlich schafft es Viola, die Frau zum Sprechen zu bringen.«

»Ach, ganz bestimmt.«

»Du brauchst dir keine Gedanken zu machen«, sagte er und stand jetzt neben ihr. »Ich werde nichts mit ihr anfangen.«

Lisa schluckte. »Mit wem?«, fragte sie und holte zwei Becher aus dem Hängeschrank.

»Du weißt genau, was ich meine. Und ich habe gesehen, wie du sie angesehen hast. Und du hast recht, sie gehört in mein Virginia-Beuteschema.«

»Hier.« Sie hielt ihm einen vollen Becher hin.

»Und selbst wenn, dann bedeutet das doch nicht das Ende unserer Freundschaft.«

Lisa drehte sich weg. Sie kam sich so albern vor.

»He, ist schon gut«, presste sie zwischen den Zähnen hervor.

Er griff nach ihrer Schulter und strich darüber.

»Du wirst immer meine Nummer eins bleiben, das weißt du. Niemand kennt mich so wie du.«

Sie drehte sich zu ihm um.

»Das will ich auch hoffen, du Schlawiner.« Sie hatte es tatsächlich geschafft, ihre aufkommenden Tränen zurückzuhalten und machte jetzt einen auf großer Kumpel. »Ich mache mir doch nur Sorgen um dich. Es ist doch jetzt schon alles kompliziert genug.«

»Aber vielleicht kann sie uns eine große Hilfe sein«, meinte Jan erleichtert. Jetzt auch noch dramatische Szenen mit Lisa, das hätte ihn an sich selbst zweifeln lassen.

»Wir müssen irgendwie weiterkommen«, sagte Lisa und ging hinüber zu dem Sofa. Doch bevor sie sich setzte, dachte sie noch einmal darüber nach, dass es sich schon wie das Sofa der stummen Frau anfühlte. Also setzte sie sich auf einen Stuhl.

»Tja, wem sagst du das.« Jan setzte sich zu ihr. »Im Prinzip stehen wir mit leeren Händen da. Keine brauchbaren Spuren. Weder an der Toten noch an der Frau hier im Haus.«

»Sie kann nicht ewig hierbleiben, das weißt du.«

»Wir sollten uns vielleicht darum kümmern, dass sie woanders unterkommt, du hast recht.«

»Ja, sonst wird dein Hof noch zur Ermittlungszentrale.«

Jan musste an den Kollegen denken, der hier am Tisch gesessen hatte. Noch einmal würde er es nicht soweit kommen lassen. Er fuhr mit der Hand darüber und meinte, sie fremden Finger zu fühlen. Auch die der stummen Frau. Wenn alles vorbei war, dann würde er einen neuen Tisch kaufen. Und vielleicht auch ein Sofa.

Totgeschlagen

Als Jan und Lisa endlich in der Dienststelle ankamen, nachdem sie eine Aufsicht für die stumme Frau organisiert hatten, wurden sie mit einem neuen Mord konfrontiert.

Man hatte auf dem Parkplatz in der Nähe der Auricher Innenstadt eine männliche Leiche gefunden.

Keine zehn Minuten später waren sie dort.

»Das hat uns gerade noch gefehlt«, sagte Jan.

Er ging mit Lisa unter dem Absperrband hindurch, an dem sich schon zahlreiche Schaulustige eingefunden hatten.

»Der ist ja verdammt übel zugerichtet«, meinte Lisa, als sie die große Blutlache, die sich um seinen Kopf herum gebildet hatte, sah.

»Aber wieso trägt er eine Skimaske?«, fragte Jan.

»Ob er an einem Überfall beteiligt war? Liegt da was vor?«, fragte sie in Richtung eines Kollegen in Uniform.

Der schüttelte mit dem Kopf. »Nein, es wurde kein Überfall gemeldet in den letzten vierundzwanzig Stunden.«

»Komisch.« Sie wandte sich wieder Jan zu. »Bis der Gerichtsmediziner hier ist, sollten wir nichts anfassen.«

Sie sahen sich in der Menge um. Die Neugier zog sich durch alle Altersschichten.

Dann kam der Gerichtsmediziner und es ging endlich weiter.

»Seit wann seid ihr vor mir da?«, fragte er nur und machte sich an die Arbeit.

Ein Fotograf hatte bereits Bilder gemacht, und so drehte der Gerichtsmediziner den Toten nach kurzer Inaugenscheinnahme auf den Rücken. Das Blut unter dem Kopf wirkte klebrig.

Der Tote trug eine Jeans und ein kariertes Hemd. Nichts Auffälliges.

Noch immer konnte man das Gesicht nicht sehen.

Der Gerichtsmediziner zog vorsichtig an der Skimaske und schob sie nach oben. Man wusste nie, was einen erwartete, auch nach so vielen Jahren nicht.

Dann zuckte er zurück. Fast wäre er nach hinten weggefallen.

Jan und Lisa sahen sich erstaunt an. Das Gesicht war heile. Was war mit ihm los?

»Verdammte Scheiße«, sagte der Gerichtsmediziner jetzt. »Das ist mein Schwager.«

»Dein Schwager?«, echote Jan.

»Na ja, er war es jedenfalls mal. Das ist aber schon ein paar Jährchen her. Er war der Mann meiner kleinen

Schwester, bis sie ihm den Laufpass gegeben hat. Er hat sie dauernd betrogen, der Schweinehund. Aber das hier habe ich ihm auch nicht gegönnt.«

Er hatte sich jetzt wieder im Griff und zog die Skimaske über den Kopf des Toten.

»Wie lange ist es her, dass du ihn das letzte Mal gesehen hast?«, fragte Lisa.

»Boah ... das müssen bestimmt fünf oder sechs Jahre sein. Das letzte Mal auf einem Geburtstag meiner Schwester. Selbst da hat er ihr den Abend versaut, der Mistkerl.«

»Dann wissen wir wenigstens, wer er ist«, meinte Jan.

»Jo. Er heißt Alexander Wittmann. Aber was er zuletzt gemacht hat, wie gesagt, das weiß ich nicht.«

»Das lässt sich bestimmt herausfinden«, meinte Lisa. »Ich gehe am besten in die Dienststelle zurück und fange gleich damit an.«

»Ist gut«, sagte Jan, »ich bleib noch kurz hier.«

Er sah dem Gerichtsmediziner dabei zu, wie er die klaffenden Wunden am Hinterkopf mit den behandschuhten Fingern noch weiter auseinanderzog.

»Da hat jemand eine verdammte Wut gehabt«, sagte der Fachmann.

»Vielleicht hat er sich mit einer verheirateten Frau eingelassen«, meinte Jan. »Du sagtest ja, dass er es mit der

Treue nicht so genau nahm. War er jetzt wieder verheiratet?«

»Keine Ahnung. Interessiert mich auch nicht. Ich bin nur froh, dass meine Schwester jetzt einen Mann hat, dem man trauen kann.«

Da sollte man sich nie zu sicher sein, dachte Jan. Doch er behielt es für sich.

Er sah weiter bei der Untersuchung zu.

»Der ist an den Schlägen auf den Hinterkopf gestorben«, sagte der Gerichtsmediziner schließlich. Der halbe Kopf ist weggehauen. Könnte ein schwerer Hammer oder so etwas in der Art gewesen sein.«

»Hat er die Mütze dabei aufgehabt?«

»Ja, auf jeden Fall. Sie ist an einigen Stellen beschädigt. Das könnte durch die Schläge passiert sein. Aber das muss ich jetzt in aller Ruhe in Oldenburg untersuchen.«

»Okay. Wir warten dann auf deinen Bericht.«

Auch Jan ging wieder zur Dienststelle zurück.

Die Puppenstube

Heute war wieder Hausputz dran. Die ganze Wohnung war leergeräumt und jetzt fuhr sie mit einem Besen durch jedes Zimmer. Es war doch immer das Gleiche. Wenn die Kinder gespielt hatten, dann lag alles voll mit Kekskrümeln. Und wenn sie draußen gewesen waren, dann klebte der Dreck auf dem guten Holzfußboden.

Sie seufzte. Aber es wurde ihr auch gleich wieder warm ums Herz. Es war so schön, wenn Kinder glücklich waren.

Dafür würde sie alles tun.

Sie putzte die Fenster, klopfte einen Teppich aus und wischte die ganze Kücheneinrichtung ab. Wenn man erst mal angefangen hatte, dann machte das Putzen doch Spaß.

Dann bezog sie noch die Betten und ging mit dem Staubwedel über die Bücherregale.

Nach einer Stunde war alles sauber und sie räumte die Puppenstube wieder ein.

Die Eltern setzte sie danach in die Küche. Sie tranken Tee.

Das kleine Mädchen, es spielte in seinem blitzblank geputzten Zimmer. Sie hatte langes blondes Haar, das ihre Mutter mit vielen Bürstenstrichen gekämmt hatte. Sie trug ein rosa Kleidchen und sah so drollig aus, wenn sie mit ihrem Teddy sprach.

»Ach hier bist du«, sagte ihr Mann, als er in das Kinderzimmer kam.

»Wo sollte ich denn sonst sein«, gab sie zurück und folgte ihm stumm in die Küche.

Der neue Fall?

Lisa hatte in der Zwischenzeit herausgefunden, dass Alexander Wittmann zuletzt in Großheide gemeldet gewesen war. Das war allerdings vor vier Jahren gewesen. Die Adresse stimmte nicht mehr. Man wusste nicht, wohin er verzogen war.

»Aber das ist doch merkwürdig«, hatte Lisa zu der Beamtin am Telefon gesagt. »Man meldet sich doch in der Regel um, wenn man eine neue Wohnung hat.«

Die Beamtin hatte ihr recht gegeben. Allerdings liege ihr nichts anderes vor, was sie sehr bedauere. Lisa hatte sich noch den Namen des Vermieters geben lassen, auch wenn die Beamtin sich zunächst geweigert hatte und etwas von Datenschutz murmelte.

Bei dem anschließenden Telefonat hatte sie erfahren, dass Alexander Wittmann von einem Tag auf den anderen verschwunden gewesen war. Er hatte weder die Wohnung gekündigt, noch irgendetwas von seinen Sachen mitgenommen. Selbst das Portemonnaie habe noch auf seinem Schreibtisch gelegen, als man die Wohnung schließlich aufgeschlossen habe, weil man ahnte, dass etwas nicht stimmte.

»Und Sie haben nichts unternommen?«, fragte Lisa ungläubig.

»Doch, wir haben noch eine Weile abgewartet und dann die Wohnung geräumt, als er nicht wiederkam. Immerhin haben wir ein Jahr gewartet.«

»Und wieso dann nicht mehr?«

»Na ja, die Miete wurde nicht mehr überwiesen«, gab der Vermieter kleinlaut zu.

»Aber dass der Mann verschwunden war, damit konnten Sie wohl gut leben«, schimpfte sie in den Hörer.

»Wir mischen uns nicht in fremde Angelegenheiten ein«, protestierte der Mann.

»Schon okay«, ruderte Lisa zurück, bevor er auflegte und sie gar keine Auskunft mehr bekam. »Wissen Sie denn, ob er zu der Zeit eine Freundin gehabt hat?«

»Hm ... nichts Festes, glaube ich. Der Alexander, das war ein Charmeur, wie man so schön sagt. Er hatte einige Freundinnen, wenn Sie verstehen.«

»Ja sicher«, seufzte Lisa. Wenn es darum ging, dann hielten sie wieder zusammen. »Was ist mit seinen Sachen geschehen? Haben Sie noch etwas davon?«

»Nein, das meiste wurde entsorgt. Der Nachmieter hat einiges behalten, Schränke und so 'n Zeug.«

»Sie haben seine persönlichen Sachen einfach weggeschmissen?«

»Was sollten wir denn damit machen. Wir wussten doch nicht, wen wir informieren sollten.«

»Schon gut«, sagte Lisa schließlich. »Wenn Ihnen noch etwas einfällt ... Sie wissen schon.«

Sie legte auf.

Jan kam in dem Moment zur Tür herein.

»Die haben ganze Arbeit geleistet«, sagte sie und erzählte ihm, dass Alexander Wittmann praktisch vom Erdboden verschwunden war, und es niemanden interessiert hatte.

»Es gibt mehr solcher Menschen, als wir ahnen«, meinte Jan nachdenklich. Würde jemand merken, dass er nicht mehr da war? Außer Lisa und Chief natürlich.

»Das kann sein. Aber ich finde, es ist ein Trauerspiel. Hätte dieser Vermieter damals eine Vermisstenanzeige aufgegeben, dann wäre er vielleicht noch am Leben.«

»Hatte er denn keinen Job? Das muss doch auch dort aufgefallen sein.«

»Nein, er war arbeitslos. Und was Behörden mit Leuten machen, die sich nicht wieder melden, wissen wir ja.«

»Ja, sie stellen das Geld ein und der Fall ist für sie erledigt.«

»Ganz genau.«

»Und wir müssen jetzt herausfinden, wer ihn erschlagen hat. Makaber.«

»Wir haben praktisch drei ungelöste Fälle, ist dir das eigentlich klar. Es ist nur eine Frage der Zeit, bis wir aus Osnabrück wieder einen auf den Deckel kriegen.«

»Ob Viola schon ihren Bericht über mich weggeschickt hat?«

»Na, du hast vielleicht Nerven«, meinte Lisa.

»Schon gut. War nur so ein Gedanke. Aber du hast recht, es klingelt sicher bald dein Telefon.«

»Wieso eigentlich immer meins«, protestierte Lisa. »Wieso muss ich mir immer den Sermon anhören und nicht du?«

»Na, weil ich nie rangehe, wenn die anrufen. Das wissen die mittlerweile.«

»Dann gehe ich jetzt auch nicht mehr ran.«

»Das schaffst du nicht.«

»Ich weiß.«

»Es wird Zeit für unsere Pinnwand«, sagte Jan. »Die haben wir viel zu lange vernachlässigt.«

Er sammelte sämtliche Fotos, die er von der stummen Frau und der Toten vom Friedhof hatte, zusammen und hängte sie nach und nach an der Wand auf.

»Druckst du bitte die Fotos von dem Toten aus, wenn sie kommen«, bat er Lisa, als er nachdenklich auf seinem Schreibtisch saß.

»Sicher«, antwortete sie und checkte sofort ihre Mails. »Es sind schon welche da.« Sie startete den Druckauftrag.

Kurz darauf hing das Gesicht von Alexander Wittmann an der Wand. Jan hatte ihn unterbewusst zwischen die beiden Frauen platziert und wunderte sich jetzt darüber.

Warum mache ich das?, fragte er sich. Ist es der Wunsch nach Symmetrie? Oder ist er tatsächlich die Verbindung zwischen diesen Frauen?

»Was denkst du?«, fragte Lisa, die sich ebenfalls auf seinen Schreibtisch gesetzt hatte.

»Ich finde, er passt nicht ins Bild«, meinte Jan und fuhr mit seiner Hand über seinen Dreitagebart. »Irgendwie passt er nicht ins Bild.«

»Weißt du, was mir gerade durch den Kopf geht«, sagte Lisa.

Er sah sie neugierig an.

»Vielleicht sollten wir doch noch einmal Viola auf den Hof bitten.«

»Aha. Wozu?«

»Sie könnte der Frau noch einmal die Kinderbilder zeigen. Vielleicht erkennt sie sich ja darauf.«

»Hm ... und wenn das einen Schock auslöst?«, gab Jan zu bedenken. »Du weißt, dass ich für alles offen bin, aber das ist vielleicht zu viel des Guten, wenn wir das auf eigene Faust machen.«

»Mag sein. Sicher hast du recht. Und wir sind ja im Prinzip auch auf einem ganz guten Weg mit ihr. Aber wie lange soll das noch so weitergehen? Und jetzt der neue Fall dazu. Ich denke, wir müssen jetzt handeln.«

»Du hast recht. Ich werde Viola anrufen.«

Jan nahm sein Handy und wählte ihre Nummer.

Auch Viola war aus psychologischer Sicht nicht gerade angetan von dieser Schocktherapie. Dazu auch noch unter dem Aspekt, dass sie selber in keinerlei Hinsicht abgesichert war, wenn etwas schiefging. Sie machte das ja alles ohne offizielle Erlaubnis und nur Jan zuliebe.

»Ich kann verstehen, wenn du Zweifel hast«, meinte Jan.

»Ach, was soll's«, warf Viola dann ihre Bedenken über Bord, als sie seine enttäuschte Stimme hörte. »Wann soll ich da sein?«

Sie verabredeten, dass sie am Abend wieder auf den Hof kommen sollte.

»Wir machen das Richtige«, sagte Lisa.

»Und jetzt?«, fragte Jan.

Sie zuckte mit den Schultern.

Beide sahen wieder zu der Pinnwand.

»Glaubst du, dass, gesetzt den Fall, dass die Frauen gefangen gehalten wurden, dass dann auch der Mann zu den Gefangenen gehörte?«, fragte Jan.

»Ich weiß, was du meinst. Deshalb sagtest du auch, er passt nicht ins Bild.«

»Eben. Jemand, der Frauen beziehungsweise kleine Mädchen entführt, warum sollte er auch einen erwachsenen Mann entführen?«

Lisa ließ sich auf seinen Stuhl rutschen und lehnte die Arme auf den Schreibtisch. »Ich habe keine Ahnung«, stöhnte sie. »Vielleicht war er so eine Art Wachpersonal.«

»Hm ... wenn man solche Leute braucht, dann bezahlt man sie, aber entführt sie nicht.«

»Ich weiß ...«. Sie kaute lustlos auf einem Kugelschreiber herum. Dann machte sie große Augen und richtete sich auf. »Fällt dir was auf?«, fragte sie plötzlich.

»Was?«

»Na, sie sind alle in einem, sagen wir mal recht jungem Alter. Die Frauen und auch der Mann. Was wäre, wenn der Mann und die Frauen, nun ja, wenn sie dazu gezwungen worden wären, in illegalen Pornos mitzumachen?«

»Und dann waren ihre Gesichter verbraucht und sie wurden entsorgt. Verstehe.«

»Jupp.«

»Aber wie passt es dann, dass die Frauen schon als Kinder entführt wurden?«, fragte Jan, bis es ihm dann wie Schuppen aus den Augen fiel. »Oh mein Gott, sie wurden bereits als Kinder dafür missbraucht und jetzt sind sie einfach zu alt geworden.«

»Ja, das könnte es sein«, flüsterte Lisa. Selbst überwältigt von diesen Gedankengängen.

»Aber den Mann hätte man noch lange nicht entsorgen müssen, meinte Jan, er war doch noch gut in Form.«

»Vielleicht hat er sich quergestellt«, schlug Lisa vor. »Wurde unbequem und spielte nicht mehr mit.«

»Das könnte sein. Aber warum um Himmels willen legt man ihn dann mitten in Aurich ab, wo er sofort gefunden wird? Und warum sitzt die Frau öffentlich auf einer Parkbank, warum liegt die Tote auf einem öffentlichen Friedhof? Wenn es stimmt, was wir gerade zusammengesponnen haben, dann dürften die Hintermänner alles andere als großes Interesse daran haben, dass wir ihnen auf die Schliche kommen.«

»Ja, du hast recht. Das war's dann wohl doch nicht. Fangen wir wieder bei null an.«

Viola und die stumme Frau

Es war windstill, als Viola mit der stummen Frau draußen auf der blauen Bank saß. Die Sonne goss den Wald in ein orangefarbenes Licht und alles wirkte friedlich.

Sie hatten zusammen zu Abend gegessen und dann waren alle mit Chief nach draußen gegangen. So war es einfach gewesen, auch die Frau dazu zu bewegen.

Jan und Lisa waren dann unter einem Vorwand wieder hereingegangen.

Viola hatte noch lange nach dem Telefonat mit Jan mit sich gehadert, ob sie es wirklich machen sollte. Sie wusste, was ein Aufwühlen alter Traumata bei Patienten bewirken konnte. Und im Prinzip wusste sie ja gar nicht, was mit der Frau los war. Sie hatte sie nicht untersucht und nur einen kurzen Bericht gesehen, dass ihr körperlich soweit nichts fehlte. Als ob das alles wäre. Gerade die Psyche war das Entscheidende beim Wohlbefinden. Und da mochte es wie auf einem Schlachtfeld aussehen, auch wenn sie so ruhig und still war.

Doch so langsam musste sie zur Sache kommen, das wusste sie. Sie ahnte, wie Jan und Lisa in der Küche ihrem Ergebnis entgegenfieberten.

»Es ist so still hier«, begann sie. »Das ist schön. Es tut der Seele gut.«

Die Frau machte eine Handbewegung, die alles oder auch nichts bedeuten konnte. Doch es hatte den Anschein, als wenn sie immer mehr aus sich herauskommen wollte. Vielleicht war jetzt wirklich der richtige Zeitpunkt für das Kinderfoto.

»Haben Sie als Kind auf dem Land gelebt?«

Viola sah die Frau jetzt frontal an. Sie bewegte nur die Augen, blieb aber weiterhin stumm.

»Ich möchte Ihnen gerne ein Foto zeigen«, fuhr Viola fort. »Es zeigt ein kleines Mädchen, das sehr glücklich zu sein schien, als man das Bild aufgenommen hat.«

Wie sollte sie ihr denn jetzt auch noch erklären, dass es nur eine Rekonstruktion am PC war?

»Darf ich Ihnen das Foto zeigen?«

Die Frau schob die Unterlippe vor und bewegte den Kopf hin und her. Offensichtlich lösten die Worte, die von einem kleinen Mädchen handelten, größere Gefühle bei ihr aus.

Viola beschloss, jetzt alles auf eine Karte zu setzen. Sie nahm ihre Tasche und holte das Foto, das man auf einem DINA4 Format ausgedruckt hatte, heraus. Sie hielt es der Frau vorsichtig hin.

Zunächst geschah nichts.

Viola hatte mit irgendeiner Reaktion gerechnet. Und sei es, dass sie auch nur genauer hinsah. Irgendetwas. Aber nichts?

Sie hatte für einen Moment ihren Blick in den Wald schweifen lassen und hatte es somit nicht kommen sehen.

Plötzlich warf die Frau sich auf den Boden, heulte und schrie, trat mit den Füßen um sich und schlug mit den Händen wild auf den Boden.

Viola sprang von der Bank auf, wollte ihr helfen, wusste aber nicht wie.

Jan und Lisa, die das Ganze von drinnen beobachtet hatten, waren in Sekundenschnelle draußen und tanzten jetzt praktisch mit Viola um die Frau herum, um sie festzuhalten.

Doch die Frau war wie von Sinnen. Sie entwickelte Kräfte, die ihr hier niemand zugetraut hätte.

»Hören Sie!«, rief Viola, »es ist alles gut. Niemand tut Ihnen hier etwas. Es tut mir leid, dass ich Ihnen das Bild gezeigt habe. Es tut mir so unendlich leid.«

Erst, als Chief um die Hausecke kam, die Situation erfasste und spürte, dass etwas mit der Frau nicht stimmte, zu ihr ging und an ihre Schulter stieß, da hörte sie endlich auf.

Schweine müssen sterben

Es war für ihn wie ein Reinwaschen gewesen, als er immer wieder mit dem dicken Vorschlaghammer auf den Kopf des Mannes eingeschlagen hatte. Er war bereit gewesen und empfand keinerlei Empathie mehr, als er gesehen hatte, wie er sich das Mädchen genommen hatte.

Frauen, das konnte er noch verzeihen. Aber Mädchen, die eigentlich noch Kinder waren sprengten selbst seine Leidensfähigkeit.

Er beobachtete das Treiben hier schon lange. Viel zu lange, wenn er jetzt darüber nachdachte. Es war alles aus dem Ruder gelaufen.

Er konnte verstehen, wie alles seinen Anfang genommen hatte. Leid war über sie alle hereingebrochen. Großes Leid. Auch er hatte sich in sein Schneckenhaus verkrochen.

Jeder ging mit dem Leid auf seine ganz eigene Art um.

Und irgendwann, dann glaubte er, seinen Augen nicht zu trauen, als ein kleines Mädchen über den Flur gehüpft war.

Waren sie denn verrückt geworden?

Da wäre vielleicht noch die Chance für ihn gewesen, alles wieder ins Reine zu bringen.

Als dann das zweite Mädchen kam, war es eigentlich schon zu spät gewesen.

Die Dinge hatten ihren Lauf genommen.

Und bis zu dem Tag, als er das erste Mal überhaupt gesehen hatte, was sich da eigentlich abspielte, hatte er sich aus allem rausgehalten. War gegangen. Viele dachten, für immer.

Doch er kam zurück und sah, was für Dimensionen das Leid angerichtet hatte.

Er wünschte sich in dem Moment, einfach nur zu sterben. Doch da ihm das nicht auf der Stelle gelang, arbeitete er von da an an einem anderen Plan.

Schweine müssen sterben, sagte er sich. Es wurde zu seinem inneren Singsang, der nicht mehr verstummen wollte.

Dann kam der Tag, an dem er das erste Opfer befreien konnte.

Vielleicht hätte er sie besser töten sollen. Dinge waren leichter, wenn Zeugen tot waren. Doch er hatte es nicht übers Herz gebracht, nicht bei ihr. Also hatte er sich eine andere Strategie ausgedacht, die auch wunderbar funktionierte. Sie schwieg noch immer.

Die andere war ein Klacks gewesen. In der Nacht hatte er sie unbemerkt nach draußen getragen. Es war alles nach Plan gelaufen. Doch dann hörte er plötzlich Stimmen. Er schlich weiter und hielt ihr dabei den Mund zu, damit sie still blieb. Und dann blieb sie still. Als er wusste, dass sie tot war, hatte er sie auf den Friedhof in Moordorf gelegt.

Und dann hatte er das Schwein erschlagen. Schweine müssen sterben.

Es war wie ein Hilferuf aus der Hölle.

Sie spricht

Die Frau war von einer Sekunde auf die andere zu Stein geworden. Chief leckte jetzt ihr Gesicht, das vom vielen Staub ganz schmutzig geworden war.

»Kommen Sie, ich helfe Ihnen auf«, bot Viola an. Als sie nach der Hand der Frau greifen wollte, wehrte diese ab und rutschte zur Seite.

»Lass sie«, meinte Lisa. »Sie muss sich von selber beruhigen und wieder zu sich kommen.«

Sie sahen gebannt auf das, was dann geschah.

Die Frau sah nach links und nach rechts. Offenbar musste sie erst wieder für sich realisieren, wo sie eigentlich war.

Dann stützte sie die Hände auf, zog ein Bein nach dem anderen an und kam kurz darauf in die Hocke und zog sich an der blauen Bank hoch.

»Ich hole Wasser«, sagte Lisa und verschwand im Haus.

Die Frau saß jetzt wieder auf der Bank. Sie wischte sich mit den Händen durchs Gesicht und leckte sich mit der Zunge über die sandigen Lippen.

Viola setzte sich wieder neben sie. Vielleicht war es wichtig, dass die Frau spürte, dass sich alles wieder beruhigte. Es so schön wurde wie vor dem Augenblick, als sie ihr das Bild gezeigt hatte.

Lisa kam mit einem Glas Wasser und einem Papiertuch und reichte es ihr. Sie nahm es diesmal sogar an.

Jan kniete neben der Frau. »Das Foto von dem Mädchen hat etwas in Ihnen ausgelöst, richtig?«, fragte er behutsam.

Es kam ein kaum hörbares »Ja« über ihre spröden Lippen. Sie trank einen Schluck Wasser und wischte sich mit dem Tuch über den Mund.

In diesem Moment hätte Lisa aufschreien mögen vor Freude. Doch sie riss sich zusammen.

»Können Sie mir etwas zu dem Mädchen sagen?«, fuhr Jan fort. Er fand es besser, wenn er jetzt weitermachte, dann konnte man Viola bei einer möglichen Befragung nichts anhaben.

Die Frau nickte. »Das bin ich«, sagte sie und ihre Lippen bebten.

Sein Mund wurde trocken. »Wie alt waren sie da?«

Die Frau strich über Chiefs Kopf, das schien sie immer noch zu beruhigen.

»Ich weiß es nicht, vielleicht fünf oder sechs.«

»Was ist damals passiert?«, fragte Jan und setzte sich vor ihr auf den Boden und verkreuzte die Beine.

»Ich weiß es nicht mehr«, sagte die Frau tonlos. »Es ist doch schon so lange her.«

Alle hielten den Atem an. Es wurde still. Da draußen bei der blauen Bank.

Sie hatten die Frau zum Sprechen bewegt. Und das, was sich ihnen auch ohne große Worte offenbarte, ließ alles, was sie bisher vermutet hatten, im Schatten stehen.

Sie hatte sich auf dem Bild erkannt.

Man wusste bisher nicht, wer sie war.

Doch sie musste etwas als Kind erlebt haben, was für menschliches Ermessen unvorstellbar schien.

Wo war sie so lange gewesen? Und warum?

Lisa machte Jan ein Zeichen, dass sie ihm etwas sagen müsste. Er verstand, erhob sich vom Boden und ging mit ihr ein Stück weiter von der Bank fort.

»Das andere Foto«, flüsterte sie. »Wir könnten es ihr zeigen. Vielleicht kennt sie das Mädchen, aber nicht die Frau.«

Jan nickte. »Du hast recht. Hast du noch eins da?«

»Ja, ich hole es.«

Viola saß immer noch neben der Frau, die jetzt mit wacherem Blick in die Welt sah.

»Manchmal muss man mit Dingen fertigwerden, die an die Grenzen gehen«, sagte sie und die Frau sah sie wissend an.

Viola hatte beobachtet, wie Lisa ins Haus ging und kurz darauf wieder draußen bei Jan stand.

Sie nickten sich zu und kamen jetzt wieder herüber.

Viola sah, dass es ein weiteres Foto war. Sie nickte zum Einverständnis, dass sie die Frau dafür für belastbar hielt. Dann stand sie auf und bot Lisa den Platz neben der Frau an.

»Ich habe hier noch ein Bild«, begann Lisa. »Es wäre schön, wenn Sie sich auch das ansehen könnten.«

Die Frau faltete ihre Hände und nickte.

Lisa hielt ihr das Bild des anderen Mädchens hin. Die Frau sah darauf und ihre Gesichtszüge verrieten großen Schmerz.

»Sie kennen Sie?«

»Ja ... das ist Stefanie.« Sie fasste sich mit der Hand an den Mund und wischte sich unter der Nase entlang. »Wir haben immer zusammen mit der Puppenstube gespielt.«

Jan fragte sich, in welchem Zusammenhang diese beiden Mädchen standen. Und warum hatte sie sie nicht auf dem Foto erkannt, wo Stefanie erwachsen war? Noch verstand er nicht, aber er ahnte, dass man sie irgendwann voneinander getrennt hatte. Aber warum waren sie überhaupt zusammen. War diese Frau eine Schwester von Stefanie? Davon hatten Stefanies Eltern aber nichts gesagt. Er konnte sich nicht vorstellen, dass sie ihnen das vorenthalten hätten, als sie ihre Tochter identifizierten. Nein, das konnte es nicht sein. Aber wenn man die beiden Mädchen unabhängig voneinander entführt hatte und sie bei dem Täter in einem Haushalt gelebt hatten? Was war dann?

Und wer entführte kleine Mädchen? Und was machte er mit ihnen?

Und wieder fragte er sich, wie der Tote Alexander Wittmann in die ganze Sache passte. Ob man der Frau auch ein Foto von ihm zeigen sollte?

Er beschloss, dass es für heute genug war.

»Lasst uns reingehen«, sagte er, »es wird langsam kalt.«

Eine Frage der Zeit

Er wusste, dass es nur eine Frage der Zeit wäre, bis sie herausfanden, was da geschah. Zwei Frauen und jetzt auch noch ein Mann. Sie waren auf der Hut. Am liebsten hätten sie ihre Zelte abgebrochen und wären in ein anderes Land verschwunden. Die Polizei suchte mit Hochdruck nach dem Mörder der Frau auf dem Friedhof. Und jetzt auch nach dem, der den Mann erschlagen hatte.

Wie lange würde es dauern, bis man auch in Moordorf alles auf den Kopf stellte?

Aber das Schlimmste war, dass sie nicht wussten, wer ihnen das antat. Wer hatte Andrea freigelassen? Wer steckte hinter den beiden Morden? Es konnte nur jemand sein, der hier bei ihnen ins Haus kam. Das waren aber nicht viele. Und keiner von denen wusste, was sich hier auf dem Hof abspielte. Niemand wusste davon.

Und das war das Schlimmste. Man musste auf der Hut sein, aber wusste nicht, vor wem.

Und wenn dieser jemand es darauf abgesehen hatte, sie ans Messer zu liefern, warum machte er sich dann diese Umstände? Er hätte doch einfach zur Polizei gehen und sie anzeigen können. Warum tat er es nicht?

Eigentlich ließen diese Überlegungen nur einen Schluss zu. Doch diese Wahrheit, die wollten sie einfach nicht zulassen.

Das machte er doch nicht. Sie kannten sich doch schon eine Ewigkeit.

Er ging zu seiner Frau in das Zimmer, in dem sie immer zur Ruhe fand. Wenn sie die kleinen Zimmerchen putzen konnte, dann ging es ihr gut.

»Kommst du gut voran?«, fragte er, als er sie dabei antraf, wie sie gerade einen kleinen roten Lampenschirm abwischte.

»Ach ja, es macht viel Arbeit aber es soll ja auch sauber sein.«

»Ja, das stimmt. Sauber muss es sein.«

»Was machen die Tiere?«

»Ach, da läuft alles gut. Ich glaube, heute Nacht wirft Rosi noch ein Kalb. Da sollte ich wach bleiben.«

»Das solltest du. Man darf die Tiere nicht mit ihrem Elend alleine lassen.«

»Du könntest heute Nacht doch einfach hier schlafen, dann störe ich dich nicht, wenn ich nach dem Kalben wieder ins Bett komme.«

»Oh, das ist eine gute Idee. So werden wir es machen.«

Es wäre nicht das erste Mal, dass die Frau in dem Zimmer mit der Puppenstube schlief.

Der Tag der grausamen Wahrheiten

Jan und Lisa saßen mit einem Kaffee in der Küche, als der Morgen graute. Der gestrige Abend hatte damit geendet, dass Viola sich alsbald verabschiedet hatte, nachdem man sicher war, dass die Frau wirklich keinen Rückfall oder einen Schock erleiden würde.

Die Frau hatte sich bald darauf völlig erschöpft ins Bett gelegt.

»Was für ein Abend«, sagte Lisa. »Wir haben so lange darauf gewartet, dass sie spricht.«

»Ja, es ist schon fast so etwas wie ein Wunder gewesen«, stimmte Jan zu. Doch er hielt es im Prinzip nicht dafür. »Aber ich bin mir sicher, dass sie nicht ohne Grund geschwiegen hat.«

»Nein, sicher nicht. Sie stand unter Schock.«

»Das auch. Aber ich denke, es steckt noch mehr dahinter.«

»Noch mehr?«

»Sie könnte erpresst worden sein.«

»Ja, das wäre möglich. Man hat sie unter Druck gesetzt und so zum Schweigen gebracht.«

»Während man Stefanie und den Mann einfach getötet hat. Das ergibt eigentlich keinen Sinn. Warum lebt sie noch? Das ist doch eigentlich die spannende Frage, die wir uns stellen müssen. Wenn wir wissen, warum sie noch lebt, dann wissen auch, wie es um den Täter bestellt ist.«

»Denkst du, dass es so einfach ist?«

»Manchmal sind die Dinge einfacher, als wir annehmen. Wir sehen sie nur nicht.«

»Der Täter könnte zu der Frau in einer besonders persönlichen Beziehung stehen.«

»Ja, das wäre eine Möglichkeit. Er kann sie einfach nicht töten.«

»Aber warum nicht? Was steckt dahinter?«

»Tja …«.

Die Tür zur Küche ging auf und die Frau kam mit Chief herein.

»Guten Morgen. Konnten Sie auch nicht mehr schlafen?«, fragte Lisa. »Kommen Sie, ich habe einen Kaffee für Sie.«

»Ich will nicht stören«, murmelte die Frau, doch Chief hatte sich bereits aufs Sofa gelümmelt und so folgte sie dem Hund.

Jetzt ist eine gute Zeit, um auch den Rest zu erfahren, dachte Jan. Wenn sie sich so genau an den Namen von Stefanie erinnerte, dann musste sie doch auch ihren eigenen kennen. Aber sie hatten gestern Abend darauf verzichtet, sie zu fragen.

Die Frau rührte in ihrem Kaffeebecher und sah auf den Tisch. Dort lagen die Fotos von Stefanie und von ihr.

»Sie beide waren hübsche Kinder«, sagte Lisa, die ihrem Blick gefolgt war.

»Ja.« Die Frau seufzte.

»Stefanie war aber nicht ihre Schwester, oder?«

Die Frau schüttelte mit dem Kopf.

»Eine Freundin?«

Die Frau nickte.

»Wann haben Sie Stefanie zum ersten Mal getroffen?«

Plötzlich hellten sich die Augen der Frau auf.

»Als ich mit der Puppenstube gespielt habe«, sagte sie und ihr Blick verklärte sich, als schaue sie ganz weit zurück in die Vergangenheit.

»Mädchen lieben Puppenstuben«, sagte Lisa sanft.

»Ja. Die Puppenstube. Sie war so schön. Stefanie und ich haben viel damit gespielt. Die Frau hat immer neue Sachen genäht, Gardinen und Bettwäsche.«

Die Frau. Welche Frau?, fragte sich Jan. Er fühlte, dass sie nur einen Hauch von der ganzen Wahrheit entfernt waren. Lisa machte ihre Sache verdammt gut.

»Dann konnte Sie wohl sehr gut nähen«, fuhr Lisa fort, die Jans aufkeimende Euphorie spürte. »Sagen Sie, darf ich Sie vielleicht bei Ihrem Vornamen ansprechen?«

Die Frau blickte zu ihr auf. Dann nickte sie. »Ja, ich heiße Andrea.«

»Andrea ist ein sehr schöner Name. Ich bin Lisa.«

»Lisa«, sagte die Frau.

Sie lächelten sich an.

»Andrea, wie kam es, dass Sie und Stefanie in diesem Haus waren, in dem es eine so wunderschöne Puppenstube gab?«

»Ich weiß es nicht«, flüsterte sie. »Wir waren einfach da.«

»Und Ihre Eltern? Wo waren die?«

»Ich weiß es nicht. Sie waren nicht mehr da.«

»Und die Frau, die die schönen Sachen für die Puppenstube genäht hat, waren Sie von da an nur noch bei ihr?«

Andrea nickte. »Ja. Und bei dem Mann.«

Oh Gott, wenn sie jetzt noch den Namen sagt, dann flippe ich aus, dachte Jan.

»Wissen Sie denn auch die Namen von der Frau und von dem Mann?«

»Mama und Papa«, antwortete Andrea. »Wir mussten sie immer Mama und Papa nennen.«

Es wurde still in der Küche. In Jan und Lisa arbeiteten die gleichen Gedanken. Da hatte ein Ehepaar kleine Mädchen entführt und sie zu ihren Kindern gemacht? Warum? Wer machte so etwas?

»Dafür kann es eine simple Erklärung geben«, sagte Jan, der Lisas Blick aufgefangen hatte.

»Sie haben ihre eigene Tochter verloren«, flüsterte Lisa.

»Der Hof, der Trecker. Der Vater, der seine Tochter überfahren hat. Verdammt.«

»Die Nachbarn von den Wiechers. Ich werde verrückt. Kann das wirklich sein, dass wir schon so nah dran waren?«

»Wir müssen sofort dahin«, sagte Jan. »Ich rufe Viola an, sie wird kommen, da bin ich sicher.«

Eine gute Stunde später war Viola da. Sie erklärten ihr in Stichworten, was sie vermuteten und rasten los.

Der Hof lag noch im frühen Nebel, als sie in Moordorf ankamen. Plötzlich wirkte die Stimmung hier bedrohlich. Der Wald, der den Hof umsäumte, hatte nichts mehr von schöner Natur.

»Auf geht's«, sagte Jan, als sie ausstiegen.

Als auch nach dem dritten Klingeln niemand aufmachte, schlug Jan wild gegen die Tür.

»Aufmachen!«, rief er. »Hier ist die Polizei!«

Endlich huschte ein Schatten über den Flur, den sie nur schemenhaft durch die milchige Scheibe in der Tür erahnen konnten.

»Was ist denn hier los?«, murmelte die Frau im Morgenrock. Sie war offensichtlich aus dem Schlaf geholt worden und ihre grauen Haare standen wirr in alle Richtungen.

Jan stellte sie beide vor. »Wir müssen sofort mit Ihnen und Ihrem Mann sprechen«, sagte er ohne Umschweife.

»Ja, wenn das so ist«, sagte die Frau. »Ich werde meinen Mann wecken.«

Sie führte die beiden Beamten in die Küche, in der es muffig und nach abgestandenem Qualm roch.

Sie hörten, wie im Flur rumort wurde und einer nach dem anderen im Bad verschwand.

Als Erstes tauchte die Frau wieder in der Küche auf. Sie trug jetzt eine schwarze Hose und einen roten Pullover.

»Kann ich Ihnen auch einen Tee anbieten?«, fragte sie.

Jan und Lisa nickten.

»Ich verstehe nicht, was eigentlich los ist«, sagte die Frau, während sie an dem Wasserkessel hantierte und anschließend Teetassen auf den Tisch brachte.

»Das werden wir am besten klären, wenn auch Ihr Mann hier ist«, erwiderte Lisa. Fast tat ihr diese Frau leid. Sie wirkte tatsächlich völlig überfahren.

Dann kam auch der Herr des Hauses in breitgerippter abgewetzter Cordhose und dickem Holzfällerhemd in die Küche geschlurft.

»Morgen«, sagte er nur und setzte sich auf das dunkelrote Sofa am Tisch.

Die Frau schenkte den ersten Tee ein.

»Sie haben von der Toten auf dem Friedhof gehört?«, begann Jan.

»Deshalb sind Sie hier?«, fragte der Mann. »Das weiß doch jeder hier in Moordorf.«

»Henrike hat sie doch gefunden«, ergänzte die Frau. »Die Arme.«

»Wie haben Sie davon erfahren?«, fragte Jan.

»Von Wilhelm«, sagte der Mann. »Wir haben uns auf dem Feld getroffen. Schlimme Sache.«

»Auf dem Feld? Haben Sie noch Landwirtschaft?«

»Nein, aber ich laufe immer mal wieder das Land ab, wo früher meine Tiere waren. Man kann viele Dinge nicht einfach hinter sich lassen. Und da habe ich Wilhelm draußen gesehen und er kam mir auf seinem Grund entgegen.«

»Verstehe. Auch er hatte ja mal eine Landwirtschaft.«

»Ja. Alles lange her ...«.

»Und er hat Ihnen von dem Vorfall auf dem Friedhof erzählt?«

»Ja, sagte ich doch schon.«

»Sie beide haben Ihre Tochter durch einen tragischen Unfall verloren?«

Die Frau zuckte bei der Erwähnung zurück.

»Was hat das denn jetzt damit zu tun?«, fragte der Mann und griff nach der Hand seiner Frau.

»Das wissen wir noch nicht. Aber es entspricht den Tatsachen?«

Der Mann nickte. »Es war ein Unfall. Wiebke ... ach mein Gott, muss ich das denn jetzt wirklich erzählen. Gesche leidet doch so schon genug darunter.«

»Und Sie haben keine weiteren Kinder mehr bekommen?«, fragte Jan ohne Rücksicht auf Gefühle.

Gesche schüttelte mit dem Kopf. »Danach nie mehr ...«.

»Hatte Wiebke eine Puppenstube?«, fragte Lisa jetzt, bevor Jan noch weiter mit dem Holzhammer um sich schlug.

»Puppenstube?«, echote Gesche. Dann schüttelte sie den Kopf. »Wiebke mochte keine Puppen. Sie hat immer nur mit Teddys gespielt.«

»Dürften wir uns mal Ihr Haus ansehen?«, fragte Jan. Allerdings in gemäßigterem Tonfall.

»Unser Haus?«, fragte der Mann. »Da gibt es doch nichts zu sehen.«

Trotzdem nickte er und Gesche führte sie als Erstes in das Kinderzimmer von Wiebke, das noch genauso aussah wie damals, als das schreckliche Unglück geschah und der Vater sie mit dem eigenen Trecker überfahren hatte.

Es stimmte, auf dem kleinen Bettchen saß eine Reihe Teddybären. Einer blickte trauriger als der andere.

Sollten sie sich wirklich so geirrt haben?

Schließlich hatten Gesche und ihr Mann sie noch bis in den Stall hinten geführt, wo er wieder in nostalgischen Erinnerungen versank.

Unverrichteter Dinge verließen Jan und Lisa schließlich wieder den Hof, nachdem das Ehepaar ihnen versichert hatte, dass sie weder hier in Moordorf noch in einem anderen Dorf oder einer Stadt ein Haus hatten. Wer hätte das denn bezahlen sollen.

»Glaubst du ihnen?«, fragte Jan, als sie wieder im Wagen saßen.

»Irgendwie schon«, meinte Lisa. »Sie sehen für mich irgendwie nicht wie Kindesentführer und Mörder aus.

Gesche war vom Leid gezeichnet. Zeitweise hatte ich den Eindruck, sie wartet nur noch auf ihren eigenen Tod.«

»Und jetzt?«

»Jetzt sollten wir mal prüfen, welche Familie außer den beiden dort noch ein Kind auf tragische Weise oder durch einen anderen Umstand verloren hat.«

Sie fuhren zur Dienststelle.

Viola und Andrea

Viola saß mit der Frau auf der blauen Bank hinter dem Haus. Fast kam ihr dieser Platz wie der Ort der Offenbarung vor.

Als sie gekommen war, hatte sie die Fotos auf dem Küchentisch gesehen. Ein guter Ansatz für eine Unterhaltung, fand sie und holte die Fotos nach draußen.

Dabei fiel ihr auch das Bild von Alexander Wittmann in die Hände. Sie nahm auch das mit.

»Ein herrlicher Herbsttag«, sagte Viola und strich ihre Haare aus dem Gesicht. »Welche Jahreszeit mögen Sie am liebsten?«

Andrea zuckte mit den Schultern. »Das weiß ich nicht«, sagte sie und wiegte ihren Kopf hin und her. »Ich war doch schon so lange nicht mehr draußen.«

»Wie meinen Sie das? Waren Sie vielleicht im Krankenhaus oder so?«

Sie ließ es wie eine völlig belanglose Frage klingen.

»Krankenhaus«, wiederholte Andrea. »Kein Krankenhaus? Ein Krankenhaus ... ich weiß es nicht. Die Puppenstube. Ich liebte die Puppenstube. Doch ich habe sie schon so lange nicht mehr gesehen.«

Viola ahnte, dass sich da einiges zusammenbraute. War es nicht zu riskant, wenn sie hier jetzt alleine mit ihr noch weiter in der Vergangenheit herumstocherte? Bestimmt war es das. Doch jetzt war sie schon einmal angefangen.

»Ich habe nie eine Puppenstube gehabt«, fuhr Viola fort. »Eigentlich war das schade. Aber wir waren drei Kinder zuhause und da war einfach nicht genug Platz für eine Puppenstube.«

»Oh, wie schade. Platz ... ich hatte auch nicht mehr viel Platz. Ich war immer nur drin. Viele viele Jahre ...«.

Ihr Gesicht wirkte fahl und sie sank unter der Last der Vergangenheit in sich zusammen.

»Sie meinen, Sie waren gar nicht mehr draußen, Andrea?«

Die Frau schüttelte mit dem Kopf. »Niemals wieder.«

Oh mein Gott, dachte Viola. Sie wusste natürlich, dass man davon ausging, dass Andrea gefangen gehalten worden war. Aber das direkt aus dem Mund dieser Frau zu hören, war bitter. Nein, es war der blanke Horror. Was musste sie mitgemacht haben?

»Und Stefanie? War sie auch nie wieder draußen?«, fragte sie vorsichtig.

»Puppenstube«, sagte Andrea wieder. »Stefanie und Andrea spielen mit der Puppenstube.« Sie schien jetzt völlig abzudriften.

»War Stefanie auch mit Ihnen nie wieder draußen?«

»Nie wieder«, sagte die Frau und Tränen liefen über ihr Gesicht.

Verdammter Mist. Langsam konnte Viola verstehen, warum Jan keine Lust auf diesen Blödsinn, den Osnabrück da mit ihm verzapfte, hatte. Da wurden Kinder entführt, bestialische Mörder schlitzten Frauen auf oder erschlugen Männer auf öffentlichen Parkplätzen. Und dieser Idiot von Vorgesetztem hatte keine anderen Sorgen, als gut in der Presse dazustehen. Einfach zum Kotzen, da musste sie Jan recht geben.

Und trotzdem wollte sie jetzt nicht mehr länger hier mit Andrea alleine bleiben. Eine weitere Befragung war wichtig, aber es musste jemand dabei sein. Was war, wenn Andrea einen Schock erlitte oder wieder ausrastete? Sie durfte es nicht riskieren.

Also ging sie ins Haus und kramte ihr Handy aus der Tasche, um Jan und Lisa zu bitten, wieder nach Tannenhausen zu kommen.

Als sie wieder nach draußen kam, war die blaue Bank leer. Die Frau war nicht mehr da. Panik stieg in Viola auf. Was hatte sie getan? Wie konnte sie Andrea hier alleine sitzen lassen, nachdem sie sie durch ihre blöde Fragerei so sehr aufgewühlt hatte? Das hatte nichts mit professioneller Arbeit einer Psychologin zu tun. Sie konnte ihren Job an den Nagel hängen, wenn sie sie nicht fand.

»Andrea!«, rief sie atemlos, »wo sind Sie?«

Sie drehte sich um ihre eigene Achse und ihre Augen suchten mechanisch den Wald ab.

»Chief!«, rief sie jetzt. Der Hund war ihre letzte Hoffnung. Andrea verstand sich gut mit dem Tier. Wo der Hund war, da musste auch sie sein.

Doch weder der Hund noch Andrea tauchten in ihrem Blickfeld auf.

Sie rannte ins Haus und durchsuchte jedes Zimmer. Von Andrea keine Spur.

Als sie einen Wagen hörte, rannte sie nach vorne und aus dem Haus.

Weinend lief sie auf Jan und Lisa zu, als diese ausgestiegen waren.

»Sie ist weg. Es ist meine Schuld«, rief sie und zitterte am ganzen Körper.

»Wie weg?«, fragte Jan verblüfft und legte im nächsten Moment seine Arme um Viola, die sich wild an ihn geworfen hatte und weinte. Er packte sie bei den Schultern und schob sie zurück. »Viola, was ist los? Wo ist Andrea?«

Lisa war bereits ins Haus gerannt, weil sie sich ihren eigenen Reim auf diesen Ausbruch machte, den sie insgeheim peinlich fand.

»Sie ist nicht da«, sagte sie, als auch Jan und Viola ins Haus kamen.

»Es ist alles meine Schuld«, jammerte Viola. »Ich hätte sie nicht alleine draußen lassen dürfen.«

»He, ist schon gut«, sagte Jan. »Lass uns erst mal abwarten. Vielleicht hat sie doch nur einen Spaziergang gemacht. Schließlich fühlt sie sich doch jetzt schon viel besser und hat sich vielleicht auch das getraut.«

»Meinst du?« Viola wischte sich mit der flachen Hand übers Gesicht.

Weder Jan und Lisa waren sich sicher, dass es so einfach war, und sagten nichts mehr.

In die Stille hinein hörten sie plötzlich ein Geräusch. Dann steckte Chief seinen Kopf zur Küche herein. Allen rutschte das Herz in die Hose. Sie sahen gebannt auf die Tür. Kam Andrea auch?

Pst ...

»Pst ... du musst ganz still sein«, flüsterte er ihr ins Ohr. Die Frau vor ihm zitterte am ganzen Leib.

»Warum tust du das?«, fragte sie.

»Es ist besser so«, fuhr er fort. »Wir dürfen kein Risiko mehr eingehen. Was mit Stefanie passiert ist, ist doch schon schlimm genug.«

»Und was ist mit Laura?«

»Ihr geht es gut, vertraue mir.«

»Wo gehen wir jetzt hin?«

»An einen sicheren Ort. Du musst nur ganz leise sein, damit uns niemand hört. Sie suchen bestimmt schon nach dir.«

Er war froh, dass er wenigstens den Hund hatte abschütteln können. Er war eine ganze Weile in den Wald hinter ihnen hergelaufen. Doch irgendwann verging ihm wohl die Lust und er kehrte um. Bestimmt war er schon wieder bei dem Hof bei den Ermittlern.

Wie lange würde es dauern, bis sie wieder zu dem Hof kamen. Das erste Mal hatte er ja noch Glück gehabt. Er musste sich jetzt beeilen. Alles war organisiert. Der große Bulli stand vor dem Haus und auch alles andere war erledigt. Es musste Schluss sein. Ein für alle Mal.

Totgeschlagen

Jan beschloss, eine Suchmannschaft zusammenzutrommeln, die den Wald bei Tannenhausen absuchte. Es waren zwei Stunden vergangen, in denen sie selbst einige Kilometer zurückgelegt hatten.

Von Andrea fehlte immer noch jede Spur.

»Wir brauchen ein paar Leute mit Hunden«, sagte er in den Hörer, »und außerdem ...«.

Dann wurde er unterbrochen.

»Was?«, rief er dann in den Hörer. »Wann?«

Sein Gesicht wurde kalkweiß und Lisa machte große Augen.

Was war jetzt schon wieder passiert?

Viola hatte sich mit einem Tee aufs Sofa gesetzt und gab sich ihrem Selbstmitleid hin.

Dann legte Jan wieder auf.

»Wir müssen los«, sagte er. »Auf dem Hof der Wiechers ist etwas Schreckliches passiert. Henrike und Wilhelm sind erschlagen worden. Die Meldung kam kurz vorher rein, bevor ich angerufen habe.«

»Erschlagen?« Lisa griff schon nach ihrer Jacke. »Dann los.«

»Können wir dich hier alleine lassen?«, fragte Jan an Viola gerichtet und Lisa verdrehte die Augen.

»Ja«, flüsterte sie. »Geht nur, ich komme zurecht. Vielleicht kommt Andrea ja doch noch.« Doch sie glaubte selber nicht, was sie da sagte.

»Wer hat sie eigentlich gefunden?«, fragte Lisa, als sie losfuhren.

»Keine Ahnung«, antwortete Jan, »wir werden es sicher gleich erfahren.«

»Ob es damit zu tun hat, dass sie die Tote auf dem Friedhof gefunden hat? Vielleicht hat sie doch etwas gesehen und der Täter hat jetzt dafür gesorgt, dass sie nicht mehr aussagen kann.«

»Könnte sein ...«.

Lisa spürte, dass ihm nicht mehr nach Reden war.

Als sie in Moordorf ankamen, war schon die ganze Einsatzmannschaft auf dem Hof versammelt.

»Hier«, rief ein Kollege und führte Jan und Lisa zu dem Tatort in einem dunklen Raum mit Holzfußboden.

»Mein Gott«, entfuhr es Lisa. »Das sieht ja aus wie bei Alexander Wittmann.«

»Stimmt, nur dass sie keine Skimasken tragen«, bestätigte Jan.

»Warum liegen sie hier und nicht in der Küche oder im Wohnzimmer?«, fragte Lisa und sah sich das erste Mal genauer in dem Raum um. Es war eigentlich nur ein Nebenzimmer. Kein Ort, an dem sich ein Ehepaar üblicherweise gemeinsam aufhielt. Dann sah sie etwas, das ihre ganze Aufmerksamkeit erregte.

»Eine Puppenstube«, sagte sie tonlos.

Jan folgte ihrem Blick.

Beide gingen mechanisch darauf zu.

»Andrea und Stefanie haben als kleine Mädchen auch mit einer Puppenstube gespielt«, flüsterte Lisa. »Ob es diese gewesen ist?«

»Ich fürchte ja«, sagte Jan tonlos. »Henrike Wiechers ... wieso sind wir nicht darauf gekommen?«

»Sie war eine Zeugin«, meinte Lisa. »Wie hätten wir darauf kommen sollen, dass sie die Entführerin war? Sieh dir das an. Es ist alles blitzeblank, als ob sie noch immer damit spielen würden. Ist doch komisch. Und hier liegen auch neues Bettzeug für die Betten und ein Staubwedel.«

»Unheimlich«, sagte Jan. »Die Frau war verrückt und wir haben es nicht gemerkt. Es ist meine Schuld.«

»Nun fang du auch noch so an«, sagte Lisa. »Es reicht mir schon, mir das Gejammer von deiner Viola den ganzen Tag anzuhören. Niemand hat Schuld außer den Tätern. Punkt.«

Er sah sie an und doch schien es, als sähe er durch sie hindurch. Sie hätte ihr Leben gegeben, jetzt seine Gedanken lesen zu können.

»Das müsst ihr euch ansehen.« Das war die Stimme eines Kollegen. Beide drehten sich zu ihm um. Der Blick des Mannes verriet, dass er etwas Ungeheuerliches gesehen haben musste.

Er führte sie in den hinteren Bereich in den ehemaligen Stall des Hofes.

Und dann wussten sie, was dem Mann die Sprache verschlagen hatte.

»Was um Gottes willen ist das hier?«, fand Lisa als Erstes wieder ins Hier und Jetzt zurück.

»Das ist der Albtraum der kleinen Mädchen«, flüsterte Jan und ging wie in Trance an den großen Fensterscheiben entlang, hinter denen sich Räume offenbarten, die wie die in der Puppenstube aussahen, die in dem Raum stand, in dem die Opfer erschlagen auf dem Boden lagen.

In den Räumen, die durch dicke Mauern getrennt waren, standen schöne große Betten, Schränke und Regale. Und auch eine Nasszelle war vorhanden.

»Sie wurden hier gefangen gehalten«, sagte Lisa mit überwältigter Stimme.

»Ja, das wurden sie. Andrea und Stefanie haben ihr ganzes Leben in diesen Zimmern verbracht.«

Es waren insgesamt acht und sie ahnten, dass es noch mehr Opfer geben musste.

»Wo sind die anderen?«, fragte Lisa als Erstes.

»Sie sind dort, wo auch Andrea jetzt ist«, antwortete Jan. »Derjenige, der Henrike und Wilhelm Wiechers erschlagen hat, muss die anderen Gefangenen mitgenommen haben.«

»Aber wer?«

»Vielleicht jemand, der in der ganzen Sache mit drin hing«, meinte Jan. »Das alles hier hat doch kein Mann alleine geschaffen.«

»Wir hatten doch da diese Theorie, dass Gesche Meinders von nebenan dahinter stecken könnte, weil sie ihre Tochter verloren hat«, sagte Lisa jetzt.

»Stimmt.«

»Aber Henrike hatte keine Kinder. Warum haben sie dann die Mädchen entführt?«

»Und wenn sie gelogen hat?«

»Wir haben es nicht überprüft. Wir haben sie immer nur als Zeugin betrachtet. Verdammt. Sie hat uns ja sogar noch den Hinweis auf die Meinders gegeben.«

»Das stimmt. Aber wenn ich genau darüber nachdenke, dann sah sie doch selber immer auch sehr unglücklich aus«, erinnerte sich Jan an den Moment zurück, als sie das Ehepaar aufgesucht hatten.

»Du hast recht. Wir haben die Zeichen falsch gedeutet. Ich jedenfalls dachte, dass ihr ganzes Mitgefühl Gesche Meinders gelte. Doch in Wirklichkeit hat sie uns vielleicht ihr eigenes Leid geklagt.«

»Wie dem auch sei. Wir müssen die Gefangenen finden, bevor sie auch getötet werden.«

»Und Andrea. Wir hatten die Verantwortung für sie übernommen.«

»Ja, sicher …«. Jan fühlte sich in diesem Moment wie der letzte Mensch.

Sie sahen dem Fotografen noch kurz zu, wie er die acht Räume aus allen erdenklichen Perspektiven zunächst vom Gang aus und dann im inneren im Bild festhielt.

Nie wieder würde Lisa mit einem Lächeln eine Puppenstube betrachten können.

Sie gingen wieder in das Haupthaus und warfen ein Blick in alle anderen Räume. Die Toten wurden von dem Gerichtsmediziner untersucht, als sie wieder in den Raum kamen, in dem sie lagen.

»Könnte die gleiche Tatwaffe wie bei dem Wittmann sein«, meinte dieser.

»Das haben wir auch schon vermutet«, bestätigte Lisa. »Aber es ist doch komisch, dass sie sich nicht gewehrt haben.«

»Vielleicht der Schock.«

»Oder sie kannten den Täter. Aber auch dann lassen sich doch zwei Menschen nicht einfach den Schädel einschlagen.«

»Und wenn es für sie eine Art Erlösung war?«, fragte Jan dazwischen.

»Erlösung?« Lisa sah ihn fragend an.

»Sicher, das könnte es sein. Vielleicht wollten sie sogar sterben, nach allem, was sie gemacht haben.«

»Klingt verrückt, aber möglich wäre es. Aber von wem?«

»Von jemandem, dem sie vertrauen, weil sie ihn schon sehr lange kennen.«

»Der Nachbar? Du meinst, der alte Meinders hat die beiden erschlagen? Das hieße, er hat von der ganzen Sache hier gewusst.«

»Wäre das so undenkbar für dich?«

»Nein, überhaupt nicht. Wir müssen sofort dahin.«

Sie stiegen in den Wagen und standen in wenigen Minuten vor dem Hof der Meinders.

Auf der Flucht

Sie kauerten eng aneinander auf der alten Matratze auf der Ladefläche des Bullis.

Wilfried hatte sogar an etwas zum Spielen für die kleine Veronika gedacht.

Doch niemandem war in diesem Moment nach naiver Unterhaltung.

Andrea und Laura hielten sich bei der Hand, als der Wagen immer wieder durch enge Kurven fuhr und sie hin und her geschaukelt wurden.

Sie wagten nicht, zu sprechen.

Sie wagten auch nicht zu glauben, dass jetzt wirklich bald alles gut werden sollte. Dafür war einfach viel zu viel passiert.

Veronika brabbelte vor sich hin, als sie mit dem roten Feuerwehrauto über die Streifen der Matratzen fuhr, die die Fahrbahn andeuteten.

Das kleine Mädchen wusste noch nicht, was ihm geschehen war. Und wenn es ihnen zusammen gelang, alleine ihre Kinderseele zu retten, dann wäre es die Sache wert gewesen.

Wilfried fuhr wie von Sinnen. Gerade hatte er die Autobahnauffahrt Richtung Emden erreicht. Wo wollte er eigentlich hin? Er wusste es nicht. Sein Hemd war blutverschmiert. Er hatte keine Zeit mehr gehabt, es zu wechseln.

Immer wieder huschte sein Blick über die Tankanzeige, als müsse er sich vergewissern, dass auch wirklich genug Sprit im Tank war.

Er hatte bewusst ein älteres Modell von Transporter gewählt, weil er glaubte, damit nicht so aufzufallen. Wer kümmerte sich schon um einen verbeulten Wagen eines Handwerkers?

Die Frau und die beiden Kinder hinter ihm waren ihm Lohn genug für alles, was er getan hatte. Es tat ihm leid, dass er Stefanie nicht hatte retten können. Wenn sie doch nur still geblieben wäre, dann würde sie jetzt noch leben.

Und Alexander? Das verdammte Schwein. Er hatte nichts anderes als den Tod verdient gehabt. Was er mit Laura gemacht hatte, das war zu viel. Es war sowieso alles zu viel.

Doch er wollte jetzt nicht daran denken. Er musste die Drei sicher von hier wegbringen. Er nahm die nächste Abfahrt, um die Richtung zu wechseln. Vielleicht wären sie in den Niederlanden sicherer.

Die Stille auf dem Hof

»Es ist so verdammt still hier«, sagte Lisa, als sie aus dem Wagen stieg.

»Gespenstisch«, bestätigte Jan.

Doch es war nicht anders, als bei ihrem letzten Besuch hier. Doch dieses Mal lag etwas in der Luft, das jedem Geräusch den Boden nahm.

Sie gingen zur Tür und klingelten. Das durchdringende Geräusch drang durch Mark und Bein. Würde jemand öffnen?

Ja, es wurde tatsächlich kurz darauf die Tür aufgemacht.

Gesche stand vor ihnen und hielt mit ihrer freien Hand einen grauen Schal um den Hals zusammen.

»Ja?«, sagte sie.

»Wir müssten Sie noch einmal sprechen«, sagte Lisa.

Ohne eine Antwort abzuwarten, gingen sie und Jan ins Haus.

In der Küche saß Alfred am Tisch und rührte in einer Teetasse. Die beiden schienen noch von nichts zu wissen. Oder sie ließen es wenigstens so aussehen.

Mechanisch holte Gesche zwei Tassen aus dem Schrank und stellte sie auf den Tisch.

»Ihre Nachbarn sind ermordet worden«, sagte Jan ohne Umschweife.

»Was?«, entfuhr es Gesche und sie schlug ihre Hand vor den Mund.

»Doch wohl nicht Henrike und Wilhelm?«, kam es von Alfred, als ob es sonst keine Nachbarn in Moordorf gebe.

»Ja, genau. Henrike und Wilhelm sind ermordet worden«, sagte Lisa. »Also haben Sie doch schon etwas mitbekommen?«

»Nein«, wehrte Alfred ab. »Wie sollten wir denn etwas mitbekommen haben. Wir sitzen doch nur hier und trinken Tee.«

Tja, das ist es ja, dachte Jan, was mich so irritiert. Schließlich waren die Sirenen der Einsatzwagen und der Sanitäter bestimmt nicht zu überhören gewesen, als sie auf dem Nachbarhof eintrafen. Warum also spielten diese beiden hier diese Komödie?

»Haben Sie von der Puppenstube gewusst?«, fragte Lisa und behielt Gesche dabei fest im Blick.

»Puppenstube?«, fragte diese zurück. »Was für eine Puppenstube?«

»Henrike hatte eine in einem kleinen Zimmer auf dem Hof. Wussten Sie das nicht?«

Gesche schüttelte mit dem Kopf. »Nein ... oder warten Sie, es kann schon sein, dass ich sie mal gesehen habe. Aber das muss lange her sein.«

»Aber Henrike hatte doch gar keine Kinder«, fuhr Lisa fort. »Wozu brauchte sie dann diese Puppenstube?«

»Wieso sollte meine Frau das wissen«, fuhr Alfred dazwischen. »Wir können uns doch nicht um alles kümmern, was unsere Nachbarn machen.«

Sie fragen gar nicht nach, was eigentlich dort drüben passiert ist, dachte Jan. Es schien so, als wüssten sie schon längst alles und versuchten hier, ihre Haut zu retten.

»Dann wussten Sie auch wohl nichts von der großen Puppenstube«, sagte er jetzt und sah von Alfred zu Gesche und zurück.

»Was soll das denn sein?«, fragte Alfred.

»Tja, es ist ein Nachbau der Puppenstube in dem Zimmer. Nur, dass es große Räume sind, in die sogar Menschen passen. Und wir vermuten, dass dort kleine Mädchen gefangen gehalten wurden. Und wir glauben, dass Sie beide davon gewusst haben?«

Alfred fiel die Kinnlade runter. Gesche fing an zu weinen.

»Es ist besser, wenn Sie uns jetzt alles sagen, was Sie wissen«, mahnte Lisa. »Wenn Sie jetzt noch länger schweigen, dann machen Sie sich strafbar.«

Dass sie das nach ihren Vermutungen sowieso schon längst gemacht hatten, erwähnte sie nicht.

»Alfred, wir müssen es ihnen erzählen«, jammerte Gesche. »Wir haben doch nichts damit zu tun.«

Alfred zerbiss mit einem lauten Geräusch den Kandis in seinem Mund. Er sah von einem zum andern.

»Wir konnten doch nichts machen«, sagte er schließlich, »es waren doch unsere Nachbarn. So etwas macht man doch nicht, seine Nachbarn anschwärzen.«

»Sie sagen uns jetzt sofort, wo Andrea ist!«, rief Jan plötzlich aus. Er war sich sicher, dass sie auch das wussten.

»Es macht keinen Sinn mehr, zu schweigen«, sagte Gesche und faltete ihre Hände auf dem Tisch. »Wilfried hat sie mitgenommen, alle ...«.

»Wer ist Wilfried?«, fragte Lisa.

»Wilfried ist unser Sohn«, antwortete Gesche und atmete tief aus. »Er kann doch nichts dafür, er war doch noch so klein.«

»Das spielt im Moment keine Rolle«, sagte Jan. »Wir müssen wissen, wo sie sind. Und vor allem, wer alles?«

»Er hat sie mit einem alten Kastenwagen mitgenommen«, sagte Alfred jetzt. »Aber wo er mit ihnen hinwollte, das wissen wir nicht.«

»Er hat also auch das Ehepaar Wiechers erschlagen?«

Gesche drohte, wieder einen Weinkrampf zu bekommen.

»Ja«, sagte Alfred tonlos. »Und wenn Sie mich fragen, dann haben die beiden auch nichts anderes verdient.«

»Er ist mit Andrea, Laura und Veronika unterwegs«, sagte Gesche jetzt unter Tränen. »Er will die Frau und die beiden Mädchen doch nur retten.«

»Wie lange sind sie schon weg?«, fragte Jan.

»Noch nicht lange ... vielleicht eine halbe Stunde«, antwortete Alfred, während seine Frau die Hände vors Gesicht schlug.

Jan griff sofort zu seinem Handy und gab eine Fahndung nach einem weißen Kastenwagen älteren Modells heraus. Besonders die Grenze zu den Niederlanden sollte ins Visier genommen werden, sagte er aus einem Instinkt heraus. Denn wenn sie ins Ausland entkamen, wurde die Sache umso schwerer.

Dann erzählte Gesche, was ihr schon so viele Jahre auf dem Herzen lag.

Es war an einem schönen Sommertag gewesen. Vielleicht war es 1996 oder 1997 gewesen, so genau konnte sie sich nicht mehr erinnern. Was sie allerdings nie vergessen hatte, das waren die vielen Tränen, die ihrem Sohn Wilfried übers Gesicht gelaufen waren, als er von den Nachbarn wieder nach Hause geschickt worden war.

Er hatte von dem Tag an nicht mehr mit den Mädchen und der Puppenstube spielen dürfen. Bis dahin hatten sie und ihr Mann nichts von irgendwelchen Mädchen auf dem Nachbarhof gehört. Dafür würde sie jederzeit ihre Hände ins Feuer legen.

Wilfried kam darüber hinweg, und als er in die Schule kam, da fand er neue Freunde.

Doch Gesche und Alfred sahen die Nachbarn von diesem Tag an mit ganz anderen Augen. Was waren das für Mädchen, von denen ihr Sohn da gesprochen hatte? Sie wagten nicht, zu fragen. Sie ahnten, dass nicht weit entfernt ein großes böses Geheimnis lauerte, von dem sie lieber nichts wissen wollten.

Vielleicht, nein ganz gewiss sogar sei es ein großer Fehler gewesen, räumte Gesche unter Tränen ein. Doch wie ihr Mann schon gesagt hatte, sowas machte man doch nicht unter Nachbarn, große Fragen stellen.

Mit den Jahren sei Gras über die Sache gewachsen. Und auch ein Mädchen hätten sie niemals auf dem Hof gesehen. Es schlich sich der Gedanke ein, dass die Phantasie ihrem Wilfried vielleicht doch einen Streich gespielt hatte. Das konnte doch sein. Kinder waren so voller blühender Phantasie, dass sie manchmal Dinge erfanden, die es gar nicht gab.

Und dann wurde Wiebke geboren. Ein Mädchen, mit dem sie gar nicht mehr gerechnet hatten. Wilfried war da längst aus der Schule raus und Gesche plagte sich mit den Sorgen einer Spätgebärenden herum. Doch alles ging gut.

Bis zu dem Tag, als Alfred das kleine Mädchen mit dem Trecker überfuhr.

Das Glück über dem Hof der Meinders brach mit dem Tag zusammen.

Wilfried zog aus Ostfriesland fort und besuchte seine Eltern hin und wieder einmal. Doch der Schmerz über den Verlust eines Kindes hing wie eine dunkle Wolke über allem.

»Wie haben Sie von dem Treiben auf dem Hof Wiechers erfahren?«, fragte Jan.

»Das war Wilfried«, antwortete Gesche. »Etwas war ihm komisch vorgekommen. Er hatte eines Nachts, als er bei uns zu Besuch war, mehrere Wagen auf dem Hof nebenan gesehen.«

»Das war nicht üblich hier im Ort«, bestätigte jetzt auch Alfred. »Wir sind anständige Leute. Da herrscht Ruhe in der Nacht.«

»Was wollen Sie damit andeuten? Was hat Ihr Sohn Wilfried entdeckt?«

»Wir haben immer gesagt, er soll die Sache ruhen lassen«, meinte Alfred. »Doch der Junge hat nicht locker gelassen. Er ist eines Nachts dahingeschlichen zu dem Hof und dann hat er etwas gesehen ...«.

»Und was?«

»Es waren Männer. Betrunkene Männer. Sie sind in das Haus gegangen, mitten in der Nacht. Und dann hat er Stimmen gehört und Geräusche, die ... sie waren unanständig.«

»Unanständig?«, fragte Lisa und ihr Gesicht nahm Züge an, die verrieten, dass sie es schon ahnte.

Alfred nickte. »Sie wissen sicher, was ich meine. Und dann ist Wilfried da eingebrochen, als Henrike und Wilhelm unterwegs waren ... und hat die komischen Zimmer im Stall entdeckt.«

»Wann war das?«

Alfred zuckte mit den Schultern. »Ich weiß es nicht mehr genau, aber es ist vielleicht zwei Jahre her.«

Zwei Jahre, fuhr es Lisa durch den Kopf. Und das war nur ein Bruchteil der Zeit, in der das ganze Dorf nicht die geringste Ahnung hatte, was sich dort zutrug.

»Aber warum hat er nichts unternommen?«, fragte sie.

»Was denn? Und er hat doch auch was unternommen. Aber eben auf seine Art.«

»Sie meinen, als er eine Frau freigelassen hat auf einer Parkbank und die andere tot auf den Friedhof legte? Ach ja, und vergessen wir mal auch nicht den Mann, dem er den Schädel eingeschlagen hat. Und jetzt auch noch dem Ehepaar Wiechers selber. Also, ich denke nicht, dass das die Art ist, die ich mir unter aktiver Hilfe vorstelle«, meinte Jan und klang ausgesprochen wütend.

»Wenn Sie das sagen, klingt es alles so böse«, meinte Gesche und wischte sich übers Gesicht. »Aber Wilfried wollte nichts Böses tun. Er wollte den armen Mädchen und auch dem Mann doch nur helfen.«

»Das mag ja sein«, mischte sich Lisa ein. »Und trotzdem verstehen wir nicht, warum auch Sie geschwiegen haben. Eigentlich haben Sie ihrem Sohn damit eine große Last auf die Schultern gelegt, ist Ihnen das eigentlich klar?«

Sie ärgerte sich, dass sie nichts von dem Sohn der Meinders gewusst hatte.

»Können Sie sich vorstellen, warum Henrike und Wilhelm die Mädchen damals entführt haben?«, fragte sie jetzt.

»Das war bestimmt wegen des toten Kindes«, sagte Gesche. »Deshalb tat sie mir ja auch so leid.«

»Welches tote Kind?«

»Na, die Henrike war doch damals mal schwanger. Doch es wusste eigentlich niemand außer uns davon. Sie wohnten noch nicht so lange dort auf dem Hof seiner Eltern. Doch als die Henrike schwanger war, da sagte der alte Bauer wohl, dass es an der Zeit sei, dass sein Sohn Wilhelm den Hof übernehmen sollte. Also zogen er und Henrike da ein. Wir haben uns ab und zu mal unterhalten. Und irgendwann, da steckte Henrike mir zu, dass sie ein Kind erwartete. Da hatte ich Wilfried schon.«

»Aber das Kind ist gestorben?«

»Ja, ganz tragisch. Sie hat es im siebten Monat verloren. Eine Totgeburt. Ich glaube, ich wäre verrückt geworden. Und das ist Henrike wohl auch.«

»Das erklärt natürlich, warum sie eine Puppenstube hatte«, sagte Lisa mehr zu Jan.

»Und dann, als das Kind tot war, haben sie einfach kleine Mädchen gestohlen und sie in die Puppenstube gesetzt«, sagte er.

Sein Handy klingelte.

Man hatte den Transporter in Bunde kurz vor der niederländischen Grenze geschnappt. Neben dem Fahrer seien noch eine Frau und zwei Kinder, ein Teenager und ein Kleinkind in dem Wagen gewesen, die jetzt alle auf dem Weg in die Dienststelle nach Aurich seien.

»Man hat sie«, sagte Jan und er sah die Erleichterung in Lisas Augen.

»Andrea, Gott sei dank ist ihr nichts weiter passiert«, sagte sie.

»Nichts weiter ist gut«, sagte Jan lakonisch.

Dann bat er Gesche und Alfred, sich für weitere Fragen zur Verfügung zu halten. Sie würden wegen Mittäterschaft und Begünstigung eines Verbrechens festgenommen werden, doch das sagte er nicht.

In der Dienststelle

Das war ganz schon starker Tobak gewesen. Als sie im Wagen saßen, sagte keiner von ihnen ein Wort.

Erst, als sie auf dem Parkplatz bei der Dienststelle hielten, brach Lisa das Schweigen.

»Wir hätten es nicht verhindern können«, sagte sie und sah zu ihm herüber.

»Das weiß man nie. Vielleicht hätten wir das Leben von Henrike und Wilhelm Wiechers retten können.«

»Aber wozu wäre das gut gewesen«, sagte Lisa und sie stiegen aus.

Wegen der gesamten Umstände und der Tatsache, dass sich die Frau und die Mädchen nicht als Entführte, sondern vielmehr Gerettete von Wilfried Meinders erwiesen, hatte man alle zusammen in einen Verhörraum gesetzt.

Das kleine Mädchen Veronika wurde von Laura auf den Arm genommen und sie löffelte den Brei in den kleinen Mund hinein, den eine Polizistin in Windeseile aus einer Banane und einem Toast gemacht hatte.

»Auf geht's«, sagte Lisa.

Sie gingen in die Dienststelle und kurz darauf in den Verhörraum, in dem eine fast schon entspannt zu nennende Stimmung vorherrschte.

Wilfried sah irgendwie froh aus, auch wenn er in den letzten Tagen drei Menschen erschlagen hatte.

Andrea freute sich, Jan und Lisa wiederzusehen, das sah man ihr deutlich an.

Nur auf das junge Mädchen und das kleine Kind konnten sich Jan und Lisa noch keinen Reim machen. Doch das junge Mädchen, das Laura hieß, wie sie bereits erfahren hatten, schien betroffen und doch erleichtert zu sein.

Sie setzten sich zu den anderen an den Tisch. Es hatten zusätzliche Stühle hereingeholt werden müssen.

Gespannt, bis auf das kleine Mädchen, sahen jetzt alle zu den Ermittlern.

Die Erste, die etwas sagte, war Andrea. »Er ist kein schlechter Mensch.« Und sie sah dabei in Wilfrieds Richtung. »Er hat uns doch nur helfen wollen.«

Doch das entschuldigt keinen vierfachen Mord, dachte Jan.

»Lass nur«, sagte Wilfried. »Sie machen nur ihren Job.« Er griff nach Andreas Hand. »Ich werde alles sagen und es ist mir egal, was dann mit mir passiert.«

Andrea liefen Tränen übers Gesicht. »Ich bin dir doch so dankbar«, flüsterte sie. »Ohne dich hätte ich Laura nie wiedergesehen.«

Lisa reimte sich ihren Teil zusammen.

»Laura ist Ihre Tochter, habe ich recht?«

Andrea nickte.

»Und die Kleine?«

Andrea schüttelte den Kopf. »Nein, Veronika ist nicht mein Kind. Sie ist die Tochter von Stefanie.«

Die Sache wurde immer abartiger, dachte Jan. Sie hatten Kinder entführt und dann neue produziert? In ihm sammelte sich ein dicker Klumpen Ekel im Magen, der einen leichten Würgereiz erzeugte.

»Lassen Sie mich erzählen«, bat Wilfried. »Sie haben doch schon genug durchgemacht.«

Und dann schilderte Wilfried seine Sicht der Dinge, die sich in groben Zügen mit dem, was seine Mutter Gesche vorhin erzählt hatte, deckte. Es stimmte, dass er als kleiner Junge gerne zu den Wiechers rübergegangen war, um zu spielen. Und dort hatte er auch zwei kleine Mädchen getroffen, mit denen er mit der Puppenstube gespielt habe. Andrea sei eines dieser Mädchen gewesen. Und dann Stefanie.

»Ich wollte Stefanie nicht töten«, sagte er jetzt und sein Gesicht war schmerzerfüllt. »Ich wollte sie doch auch nur retten.«

»Was ist schiefgelaufen?«, fragte Lisa behutsam.

»Sie wollte nicht still sein«, fuhr er bedrückt fort. »Es war aber doch wichtig, dass sie still war.«

»Warum wollte sie nicht still sein? Hat sie nicht verstanden, dass Sie sie retten wollten?«

»Ich weiß es nicht. Vielleicht hatten sie ihr auch Drogen eingeflößt. Auf jeden Fall schaffte ich es einfach nicht, sie ruhig zum Wagen zu schaffen. Jedenfalls hatte ich Angst, entdeckt zu werden, denn da waren plötzlich Stimmen. Ich habe ihr den Mund zugehalten, damit sie uns nicht verrät. Als ich beim Wagen ankam, da ...«, er schüttelte sich jetzt vor Schmerz, »da hat sie nicht mehr geatmet. Was sollte ich denn machen?«

»Sie haben Sie also auf dem Friedhof abgelegt?«

Er nickte. »Ja, das habe ich. Mir war klar, dass sie da auch hingehen würde. Doch das war meine Strafe für sie.«

Dann hat sie uns aber verdammt gutes Theater vorgespielt, als wir sie befragt haben, dachte Jan. Sie musste sofort gewusst haben, wer die Tote war.

»Sie meinen Henrike, richtig?«, fragte Lisa.

»Ja, natürlich. Wegen ihr ist das ganze Unglück doch überhaupt erst angefangen. Wenn sie damals nicht so durchgedreht wäre wegen des Kindes, was sie verloren hat, dann wäre das alles doch gar nicht passiert.«

Das konnte er unmöglich aus eigener Erfahrung als kleiner Junge wissen.

»Hat Ihnen ihre Mutter davon erzählt?«

»Ja, aber erst viel später. Da tat mir Henrike noch leid. Aber irgendwie konnte ich niemals die kleinen Mädchen in dem Zimmer mit der Puppenstube vergessen, auch wenn ich sie nie wieder gesehen habe, nachdem ich praktisch aus dem Haus gejagt worden war.«

»Und als sie erwachsen waren, da bekamen Sie eine erste Ahnung, oder wie sollen wir uns das vorstellen?«, fragte Jan.

Wilfried nickte. »Ja, so war es. Ich glaube, auch meine Eltern haben immer geahnt, was da auf dem Nachbarhof vor sich geht. Doch sie haben nie etwas Konkretes gesagt. Und die Wiechers haben sich immer sonderbarer benommen. Es durfte niemand mehr auf ihren Hof. Das habe ich mal im Dorf gehört. Viele sagten, dass Henrike verrückt geworden sei. Am Anfang habe ich mir nichts dabei gedacht. Ich war ja auch nicht so oft in Moordorf. Aber dann habe ich die Wagen da in der Nacht gesehen. Und die vielen Männer ...«.

Auch das passte zu der Aussage seiner Mutter Gesche.

»Und Sie sind heimlich auf den Hof gegangen, hat Ihre Mutter gesagt«, fuhr Lisa fort.

Wilfried nickte. »Ja, das bin ich. Es war so furchtbar ... diese Frauen.«

»Wussten Sie in dem Moment, dass es sich um die kleinen Mädchen handelte, mit denen Sie als kleiner Junge gespielt haben?«

»Ja, ich wusste es in dem Moment, wo ich in ihre verängstigten Gesichter gesehen habe.« Er griff nach Andreas Hand.

»Und da fassten Sie den Plan, sie zu befreien?«

»Einer musste doch etwas unternehmen«, sagte Wilfried.

»Sie hätten ganz einfach die Polizei rufen können.«

»Am liebsten hätte ich das auch getan. Aber meine Eltern haben mich davon abgehalten. So etwas macht man nicht in Moordorf, sagte mein Vater. Man zeigt keine Nachbarn an.«

Im Laufe des weiteren Verhörs kamen die Dinge zur Sprache, die die fremden Männer mit den Frauen gemacht hatten. Wilhelm Wiechers war offensichtlich auf die Idee gekommen, mit den Frauen Geld zu machen, indem er sie als Prostituierte anbot.

Später würde man herausfinden, dass er auch private Pornofilme mit Laiendarstellen während der Zeit hatte drehen lassen, die sich auf dem Markt sehr gut verkaufen ließen.

Geplant schien es wohl nicht gewesen zu sein, doch Andrea und auch Stefanie wurden schwanger. Und vermutlich nicht nur einmal. Doch ausgetragen hatten sie nur Laura und Veronika. Die anderen ungeborenen Kinder waren sicher aufgrund der Brutalitäten durch einen Abort dem Martyrium entkommen.

Laura, Andreas Tochter, war jetzt dreizehn. Sie sah älter aus und weckte das Interesse der Männer.

Und warum das Ehepaar schließlich auch Alexander Wittmann entführt und in eines der Zimmer eingesperrt hatte, ließ sich im Nachhinein nur vermuten. Vielleicht brauchten sie für die Pornofilme ein junges Gesicht. Jemanden, der nicht davor zurückschreckte, Frauen zu vergewaltigen.

»Hören Sie«, sagte Wilfried am Schluss. »Sie können mit mir machen, was Sie wollen. Es ist mir egal. Mir war nur wichtig, dass ich diese Mädchen«, er zeigte dabei auf

Laura und Veronika, »ich wollte ihnen das große Leid, das schon Andrea und Stefanie mitgemacht hatten, ersparen.«

»Das mag Ihnen mildernde Umstände bringen«, sagte Lisa. »Doch rechnen Sie nicht mit einem völligen Erlass der Strafe. Auch wenn ich überzeugt bin, dass auch noch eine ganze Reihe anderer Menschen bestraft werden müssten, deren Identität wir wohl nie ermitteln werden.«

Wilfried Meinders wurde abgeführt.

»Was passiert jetzt mit uns?«, fragte Andrea bang.

»Wir werden Sie zunächst ins Frauenhaus bringen«, antwortete Lisa. »Und dann wird man sehen.«

Andrea, ihre Tochter Laura und Veronika wurden bald darauf von einer Fürsorgerin abgeholt. Andrea versprach, sich auch um Veronika zu kümmern und sie aufzuziehen wie ein eigenes Kind.

Wieder zu Hause

Es war keine Frage, als Jan und Lisa schließlich die Dienststelle verließen, fuhr sie wie selbstverständlich mit auf seinen Hof in Tannenhausen.

»Wo ist Viola?«, fragte Lisa, als sie in die Küche kamen, als sei es selbstverständlich, dass die Psychologin hier die ganze Zeit hätte sitzen bleiben müssen, bis sie zurückkehrten.

»Sicher ist sie nach Hause gefahren, als es zu lange dauerte«, antwortete Jan. »Ich werde sie morgen anrufen und ihr alles erzählen. «

Er ging zum Kühlschrank und holte einen Weißwein heraus.

Dann stellte er zwei Gläser auf den Tisch.

»Ich weiß nicht, ob ich noch trinken sollte, ich muss ja noch fahren. «

»Du musst nicht, wenn du nicht willst«, sagte Jan und schob ihr ein volles Glas herüber.

Sie saßen noch Stunden zusammen und versuchten, alles, was sie mit der Puppenstube erlebt hatten, zu erörtern. Wo war was schiefgelaufen? Was hatten sie übersehen? Doch am Ende zählte wohl nur das Ergebnis, so wie es jetzt war. Man konnte dem Schicksal nicht ins Handwerk pfuschen, wenn es windige Helfer hatte.

Als Lisa später in dem Bett lag, in dem Andrea die letzten Tage geschlafen hatte, da überkam sie das Gefühl, als hingen die Gedanken der stummen Frau noch hier im Raum. Sie musste große Angst um ihre Tochter gehabt haben. Sonst hätte sie schon viel eher etwas gesagt.

Irgendwann in der Nacht kletterte Chief zu Lisa aufs Bett.

Ich bin wieder zuhause, dachte sie, und fing leise an zu weinen.

Jan war die ganze Nacht aufgeblieben. Wenn ein Fall ihm so an die Nieren ging, dann konnte er nicht schlafen. Er hatte, als Lisa ins Bett gegangen war, seinen Laptop hochgefahren. Für einen Moment hatte er überlegt, ob er der Frau ohne Namen auf ihre Nachricht antworten sollte.

Doch dann ließ er es bleiben und löschte sogar seinen Account von der Plattform. Sein Leben war auch so schon kompliziert genug.

ENDE

Zur Autorin

»Ich habe erst mit fünfzig meine Leidenschaft für das subtile Verbrechen entdeckt.«

Als gebürtige Ostfriesin kam Moa Graven durch Umwege über den Journalismus selber zum Krimi-Schreiben. Das war im Jahr 2013, als sie ihren ersten Krimi »Mörderischer Kaufrausch« mit Ermittler Jochen Guntram als Fortsetzung in einem Monatsmagazin veröffentlichte. Sie arbeitet mittlerweile an drei Krimi-Reihen in Ostfriesland mit Kommissar Guntram in Leer, Jan Krömer in Aurich und Eva Sturm auf Langeoog! Und seit August 2016 kam eine Friesland Krimi-Reihe mit Joachim Stein hinzu, den man nur »Der Adler« nennt.

Besuchen Sie die Autorin gerne auch hier: www.moa-graven.de.

NEU: Die Ostfrieslandkrimis App von Moa Graven zum kostenlosen Download für Ihr Smartphone!

Die Krimi-Reihen von Moa Graven

Profiler Jan Krömer Krimi-Reihe

»KillerFEE«" – Band 01
»Todesspiel am Großen Meer« – Band 02
»Kneipenkinder« – Band 03
»Fallensteller« - Band 04
»Flächenbrand« – Band 05
»Blindgänger« - Band 06
»Fremder« - Band 07
»Die Puppenstube« - Band 08
»Lautlos« - Band 09

Kommissar Guntram Krimi-Reihe

»*Mörderischer Kaufrausch*« - Band 01
»*Mord im Gebüsch*« - Band 02
»*Mordsgeschäfte*« - Band 03
»*Das Meer schweigt ...*« - Band 04
»*Märchenhafte Morde*« - Band 05
»*Hinter verschlossenen Türen*« - Band 06
»*Teezeit*« - Band 07
»*Wer erschoss den Weihnachtsmann?*« - Band 08
»*Hannah – Vergessene Gräber*« - Band 09
»297 Tage« - Band 10
»Tod einer Prinzessin« - Band 11

Die Eva Sturm Krimi-Reihe

»Verliebt ... Verlobt ... Verdächtig« - *Band 01*
»Justitias Schwäche« - *Band 02*
»Bitterer Todesengel« - *Band 03*
»Blaues Blut« - *Band 04*
»Stille Angst« - *Band 05 (hierbei handelt es sich um ein Overcross-Special mit den drei Ermittlerteams von Moa Graven, die einen Fall auf Borkum lösen)*
»Schiffbruch« - *Band 06*
»Auf dich wartet der Tod« - *Band 07*
»7 Tage Regen« - *Band 08*
»Wenn es Abend wird, mein Schatz ...« - *Band 09*
»Stirb leise ...« - *Band 10*
»Der letzte Tanz« - Band 11

Der Adler Joachim Stein Krimi-Reihe

»Der Adler – LaLeLu ... und tot bist du« Band 01
»Der Adler – KALT« Band 02
»Der Adler - Nebeltod« - Band 03
»Der Adler - Lebenslänglich« - *Band 04*
»Der Adler – Der Nachbar« - Band 05

Alle Bücher sind als Taschenbuch oder eBook und
teilweise auch als Hörbuch erhältlich!